Ein mysteriöser Anruf lockt die Ich-Erzählerin in Luise Rinsers Roman ›Silberschuld‹ in eine Stadt jenseits der Grenze (des Bewußtseins), jenseits der Zeit. Unter der ganzen Stadt liegen Schächte, darin Zeugnisse von Katastrophen, die von einem alten Silberbergwerk ausgegangen sind. In den Minen mußten Kinder arbeiten, wurden Menschen und Tiere unter Tage geschunden. Alles Unglück wurde vertuscht. Die Familie aber der Erzählerin war durch das Bergwerk reich geworden. Die Geschichte der Stadt gründet auf Elend, der Wohlstand der Familie auf Verdrängung des Elends und auf Lüge. Das Bergwerk steht symbolisch für die Geschichte der Ausbeutung, für die Schuld der Generationen, die auch die gegenwärtigen Menschen als Erbe tragen – die ›Silberschuld‹. Luise Rinser über ihren Ausflug in die phantastische Literatur: »Das Buch ist ein surrealistischer Roman und doch die Beschreibung unserer Wohlstandssituation, in der wir uns eingemauert haben in dem Wahn, unser Silber beschütze uns, während wir nicht einsehen wollen, daß es uns versklavt und unglücklich und krank macht: das Hängen an Besitz und Sicherheit wird als Grundübel aller Zeiten erkannt, und die Erlösung durch die Befreiung vom Besitzdenken.«

Luise Rinser wurde 1911 in Pitzling/Oberbayern geboren. 1940 erschien ihr erster Roman ›Die gläsernen Ringe‹; es folgen Berufsverbot und Verhaftung; nach Kriegsende eine Fülle von Veröffentlichungen; sie wurde unter anderem mit der Roswitha-Gedenkmedaille der Stadt Gandersheim und dem Heinrich-Mann-Preis der Akademie der Künste der DDR ausgezeichnet. Luise Rinser lebt in Rocca di Papa bei Rom.

Die Werke Luise Rinsers sind bei S. Fischer und im Fischer Taschenbuch Verlag erschienen.

Luise Rinser

Silberschuld

Roman

Fischer Taschenbuch Verlag

16.–25. Tausend: März 1993

Veröffentlicht im Fischer Taschenbuch Verlag GmbH,
Frankfurt am Main, Dezember 1992

Lizenzausgabe mit freundlicher Genehmigung der
S. Fischer Verlags GmbH, Frankfurt am Main

Umschlaggestaltung: Buchholz/Hinsch/Hensinger
Druck und Bindung: Clausen & Bosse, Leck
Printed in Germany
ISBN 3-596-11171-4

Gedruckt auf chlor- und säurefreiem Papier

Für Kim Song Ju

Am frühen Morgen des 15. September schrecke ich aus dem Schlaf auf. Es ist noch dunkel. Hat das Telefon geläutet, oder habe ich geträumt? Ich nehme schlaftrunken den Hörer ab. Von weither eine fremde Stimme: »Heute früh wurde Abberwill zur offenen Stadt erklärt.« Nichts weiter. Ich habe doch wohl geträumt. Aber geträumt oder nicht: was für eine sonderbare Mitteilung kam mir da zu? Wie heißt die Stadt? Aberwil, Oberweil, Abbaville? Gibt es eine Stadt solchen Namens? Der Klang bleibt mir im Ohr. Ganz fremd ist mir der Name nicht. Nebelschleier über meinem Gedächtnis. Aber was heißt das denn: »zur offenen Stadt erklärt?« Rom, offene Stadt. Ein Filmtitel. Die Wirklichkeit: 1944 war Rom zur offenen Stadt erklärt worden. Das hieß: die Stadt wird nicht verteidigt, also darf sie nicht angegriffen werden. Sie stellte sich sozusagen tot. Damals war Krieg und Rom die Kapitale. Aber jetzt ist kein Krieg, und welche Wichtigkeit kann dieses Abawil haben? Ich habe doch wohl geträumt.

Aber mir ist ein Köder zugeworfen. Ich kann nicht mehr weiterschlafen. Ich hole das Büchlein mit den Postleitzahlen. Abtswind, Abtweiler, Albersweiler, Appenweier. Wie aber sagte die Stimme am Telefon? Ich warte ungeduldig, bis das Reisebüro öffnet. Gibt es einen Ort namens Abbewil oder so ähnlich?

Hier auf unsrer Seite nicht. Das kann nur Abbeville sein.

Das liegt jenseits der Grenze. Wollen Sie Genaueres wissen? Dann müssen Sie bitte ins Reisebüro kommen. Ich versuche, Informationen zu finden.
Die Auskunft: eine Stadt aus dem Mittelalter mit einer vollständig erhaltenen Stadtmauer, mit alten Wehrtürmen und mit schönen Fachwerkhäusern aus dem 16. Jahrhundert.
Eine Ansichtskarte: eine hübsche Stadt, geeignet für historische und für Heimatfilme. Ich gestehe mir ein, daß ich anderes erwartet habe, aber was?
Das Fräulein im Reisebüro sagt: Die Stadt ist etwas schwierig zu erreichen. Hier die Straßenkarte.
Aber die ist alt.
Das macht nichts. Flüsse und Berge und Dörfer bleiben doch an ihrem Platz, sagt das Fräulein.
Nicht immer, sage ich.
Das Fräulein sagt: Wenn Sie hinfahren, vergessen Sie nicht, daß die Stadt auf der andern Seite liegt. Welchen Weg Sie auch nehmen: Sie haben immer einen Grenzübergang.
Klar, sage ich, obwohl mir die Sache keineswegs so klar ist. Die Frage ist, sage ich, ob ich überhaupt fahre.
Viel Glück, sagt das Fräulein, als habe sie nicht gehört, was ich sagte, und als sei es beschlossene Sache, daß ich fahre. Mir scheint die Fahrt jetzt ohne Sinn. Ich sage zu dem Fräulein: Das war nur eine ganz unverbindliche Information.
Ich sage das unangemessen streng, um dieses Fräulein in die Schranken zu weisen. Ich habe plötzlich den Ver-

dacht, sie wolle mich von dieser Fahrt abhalten, während sie mich scheinbar ermutigt. Oder auch umgekehrt.
Sie sagt freundlich, übertrieben freundlich, wie mir scheint: Wenn Sie zurück sind, wollen Sie mir erzählen, was Sie dort erlebten?
Was soll ich schon dort erleben? Ich schaue mir eine Stadt an, die mich interessiert aus einem eigentlich nur sprachlichen Interesse.
Ich verstehe, sagt das Fräulein sanftmütig. Ich wollte schroff erwidern, daß sie gar nichts verstehe. So wenig wie ich, aber das Fräulein sagt noch etwas. Sie zeigt auf meine Halskette: Ist die aus Silber?
Ja, warum fragen Sie das?
Weil, sagt sie und zögert, weil man dort kein Silber trägt.
Wieso nicht? Wird es einem gestohlen? Oder ist die Einfuhr von Silber verboten? Gilt man etwa als unerlaubt reich, wenn man Silberschmuck trägt?
Sie tun gut, meinem Rat zu folgen. Silber weckt dort ungute Gefühle.
Nun denn: ohne Silber über die Grenze, weil Silber ungute Gefühle weckt. Aber jetzt bin ich neugierig, jetzt will ich fahren, ich bin plötzlich versessen darauf zu fahren.
Am nächsten Morgen fahre ich ab.
Zunächst ist die Landschaft vertraut, dann wird sie fremd und immer fremder. Ich schaue die Landkarte an. Nicht einmal die Vorkriegsautobahn ist eingezeichnet, so alt ist die Karte. Und so viele Risse hat das Leinen, auf

dem sie aufgezogen ist, daß ein Gewirr von Linien entstand, von denen nicht mit Sicherheit zu sagen ist, ob es Risse oder Straßen oder Kanäle sind. Und wo ist die Grenze, die ich passieren muß? Sie ist nicht eingezeichnet. Gab es damals, als die Karte gezeichnet wurde, diese Grenze nicht?

Ich meine mich verfahren zu haben, die Richtung verfehlt. Schon bin ich entschlossen, bei der nächsten Ausweichstelle zu wenden, da sehe ich in weiter Ferne ein einsames Haus inmitten einer sonst leeren Ebene. Ich fahre darauf zu. Das Haus, das weit weg lag, schießt jetzt auf mich zu, als führe ich mit einer Filmkamera darauf los. Jetzt sehe ich: es ist ein seit langem unbewohntes Haus, die Fensterläden sind geschlossen, aber die Tür steht spaltweit offen, gehalten von einer rostigen Kette mit rostigem Schloß, der Verputz ist an vielen Stellen abgebröckelt, die Bodenfeuchtigkeit steigt in den Mauern auf, so daß sie schwarz erscheinen. Ein Gespensterhaus. Weit und breit kein Mensch. Doch ein Stück weiter ist die Straße halb versperrt durch einen Grenzbalken, der aber an einer Seite sich aus der Gabel gelöst hat und zu Boden hängt. Der Schlagbaum zeigt Spuren von Farbe: violett und gelb, spiralig angeordnet. Welches Land hat diese Farben? Ein Pfosten trägt eine Tafel, aber die Inschrift ist unleserlich.

Ich hebe den Balken zur Seite und fahre weiter. Ich bin jetzt im Niemandsland und erwarte die andre Grenze. Aber sie kommt nicht. Die Straße scheint seit Jahren nicht mehr befahren. Mir wird unbehaglich. Aber jetzt, da ich so weit schon fuhr, will ich weiterfahren. Umkehren ist meine Sache nicht. Ich durchquere eine Art Steppe ohne Baum, ohne Strauch, ohne Tiere, nicht einmal Krähen überfliegen das Land. Kommt denn dieses Abbeville nie? Gibt es hier überhaupt irgendwo eine Stadt? Hat man mich genarrt? Soll ich hier umkommen? Aber ich kann ja immer noch kehrtmachen. Die Grenze ist offen, den Schlagbaum habe ich selbst vollends geöffnet.

Aber nun macht die Straße eine unvorhergesehene Kurve, ein Wäldchen taucht auf und dahinter, wie dem Boden entstiegen, ein Hügel mit einer Stadt. Ich kenne sie von der Ansichtskarte her: hübsch, mit Stadtmauer und Wehrtürmen. Der Hügel, von hier aus gesehen, fällt auf: ein Kegelstumpf, regelmäßig abgerundet. Das ist kein Naturhügel, der ist mit vieler Kunst aufgebaut. Mich erinnert er an die riesigen Rundhügel der Königsgräber in Korea. Die Vorstellung verfolgt mich: das ist eine Gräberstadt. Vielleicht wohnt gar niemand dort. Aber es ist doch wohl eine bewohnte Stadt. Es ist die Stadt aus dem Prospekt. Meine Steppenstraße mündet in eine andre, breitere. Die hätte ich nehmen sollen, aber wo hat sie begonnen? Ich sah keine Abzweigung. Nun, jetzt bin ich also doch angekommen, beinahe angekommen: an der Stadtmauer versperrt mir eine Menge Leute die Weiterfahrt. Eine schweigende Menge bei fieberhafter Arbeit. Ich lasse den Wagen stehen und gehe zu Fuß weiter. Kein Mensch achtet auf mich. Es scheint, als sähen sie mich nicht.

Im Weitergehen wird mir klar, was geschehen ist: ein Teil der Stadtmauer ist eingestürzt. »Eine vollständig erhaltene Stadtmauer aus dem Mittelalter«, hatte das Fräulein im Reisebüro gesagt. Wenn das bisher gestimmt hat: jetzt stimmt es nicht mehr. Etwa die Hälfte des Nord-Ost-Trakts liegt in Trümmern. Die Stadtmauer ist also offen. Die offene Stadt! So also wars gemeint. Jemand hat mir das durchs Telefon mitgeteilt. Warum aber mir? Ein Irrtum. Eine verwechselte Telefon-Nummer.

Nun bin ich eben da. Ich frage einen Mann: Wie ist denn das passiert? Aber er wendet sich ab und geht. Ich frage einen andern, ich frage eine Frau, eine nächste, ich frage an die zwanzig Leute. Sie wenden sich ab und mischen sich unter die andern. Antwort bekomme ich keine. Ich bemerke, daß sie auch untereinander nicht reden. Sie arbeiten, als gelte es ihr Leben. Vielleicht gilt es wirklich ihr Leben. Vielleicht ist ihnen eine Frist gesetzt, die nicht einzuhalten Verderben bringt. Darum wohl müssen auch die Alten und die Kinder arbeiten. Jeder scheint seine besondere Aufgabe zu haben: die einen klopfen die Steine nach ihrer Tauglichkeit ab, andre räumen die für brauchbar befundenen beiseite, andre reichen sie an jene weiter, die Maurerarbeit machen. Halbwüchsige mischen den Mörtel, Kinder tun Handlangerdienste. Dieses stumme Arbeiten läßt mich vermuten, daß hier ein Straflager ist. Jene unbewachte Grenze, jener unbrauchbare Schlagbaum, jene unlesbare Beschriftung der Grenztafel vor dem, was ich für ein Niemandsland

zwischen zwei Ländern gehalten hatte: war das eine Tarnung? Ist dieses Gebiet durch Elektronen-Augen bewacht? War ich durch jenen Telefon-Anruf hierher gelockt worden von einem unbekannten Geheimdienst? Sollte ich auch ein Sträfling sein? Oder nur Zeugin eines Strafvollzugs? Ich schaue die Gesichter der Leute an: ihnen allen, selbst den Kindern, ist das Bewußtsein und das stumme Eingeständnis einer Schuld aufgeprägt. Niemand zwar trägt Sträflingskleidung, niemand eine aufgenähte Gefangenen-Nummer, niemand einen Winkel am Ärmel, niemand ein aufs Handgelenk eingebranntes Zeichen. Ich sehe auch keine Wächter, keine Polizei. Alle arbeiten gleicherweise. Natürlich könnten sie von dem stehengebliebenen Wachturm aus beobachtet und durch Fernsteuerung zur Arbeit angetrieben werden.
Außer mir gibt es einen einzigen Untätigen. Auf einem umgekippten Schubkarren sitzt ein junger Mensch in blue jeans, langhaarig, blond, ob Mädchen oder junger Mann, ist nicht auszumachen. Das Wesen sitzt lässig da, die Knie hochgezogen, die Hände darum gelegt, und beobachtet mäßig interessiert die Szene. Ich nähere mich diesem Wesen und erhoffe Auskünfte.
Als ich auf drei Schritte nahgekommen bin, blickt es auf und sagt: Da bist du ja.
Jetzt scheint mir das Wesen auffallend große Ähnlichkeit mit dem Fräulein vom Reisebüro zu haben. Sie allein wußte von meiner Fahrt, sie allein konnte mich erwarten.

Ich sage: Aha, so ist das, und Sie sind der Morgen-Anrufer, und Sie haben mich hierher gelockt. Was für ein übles Spiel. Was wollen Sie eigentlich von mir?
Das Wesen lächelt.
Ich beharre auf meiner Frage: Haben Sie mich angerufen?
Es sagt: Anrufe kommen immer von innen.
Ja, ja, schon, aber ich rede von einem konkreten Telefon-Anruf.
Alles ist konkret, und Außen ist Innen und Innen ist Außen.
Philosophisch, sage ich, aber ich frage präzise und will eine präzise Antwort.
Statt der Antwort kommt eine Gegenfrage: Erinnerst du dich an diese Stadt?
Nein. Ich war nie vorher hier.
Man kann sich auch an etwas erinnern, das man nie gesehen hat.
Ich habe auch nie vorher etwas gehört über diese Stadt.
Indem ich das sage, habe ich das Gefühl zu lügen. Ein absurdes Gefühl, aber nicht abzuweisen. Um mich abzulenken, frage ich: Wer sind denn Sie eigentlich? Wieso sagen Sie einfach du zu mir? Sind Sie von hier?
Von hier und nicht von hier.
Rätsel-Antworten sind keine Antworten auf meine präzisen Fragen.
Man bekommt keine andern Antworten.
Ach, gehen Sie zum Teufel.
Das kann ich beim besten Willen nicht, sagt das Geschöpf

und lacht, als habe ich einen lustigen Witz gemacht. Dieses Lachen nimmt mir die Waffe aus der Hand. Nun auch das Du gebrauchend, sage ich: Du fremdes Geschöpf, was weißt du von dieser Stadt?
Was willst du wissen?
Also: warum ist sie auf meiner Landkarte nicht eingezeichnet?
Weil sie jenseits der Grenze liegt. Hier sind Orte nicht eingezeichnet.
Na schön. Eine andre Frage: warum arbeiten diese Leute so stumm verbissen? Ist das eine Strafkolonie?
Ja und nein.
Was heißt das?
Die Leute haben sich diese Stadt gebaut, damit sie sich einschließen konnten.
Warum?
Das wirst du noch herausfinden.
Sie haben also diese Mauer selbst gebaut?
Ja, und sie bauen sie immer wieder auf, so oft sie auch einstürzt.
Es ist also nicht der erste Einsturz, den sie erleben?
O nein. Aber vielleicht ist es der letzte. Vielleicht geben sie endlich auf.
Glauben sie im Ernst, die Mauer gebe ihnen Schutz? Eine mittlere Kanone und eine ganz kleine Bombe reißt sie mit Leichtigkeit ein, das müssen sie doch wissen.
Es ist schon geschehen. Aber sie bauen die Mauer sofort wieder auf. Mauern ohne Tore. Es gibt nur einen einzigen schmalen Durchlaß. Früher gab es sieben Tore.

Sie mauern sich also ein. Sie bauen sich ihr eigenes Grabmal. So war mein Eindruck richtig, daß der Hügel hier den Hügeln über den koreanischen Königsgräbern gleicht. Aber sag mir: warum um Himmelswillen tun die Leute das?

Um das zu erfahren, bist du doch gekommen.

Was sagst du da? Ich habe doch vorher gar nichts von alledem gewußt.

Und du erinnerst dich nicht an diese Stadt?

Nicht im geringsten, das sagte ich doch schon.

Wieder habe ich das Gefühl, zu lügen oder doch höchst leichtfertig zu antworten.

Vielleicht erinnerst du dich morgen, oder übermorgen.

Aber was denkst du! Ich bleibe doch nicht hier. Ich fahre heute abend noch zurück.

Wozu bist du gekommen, wenn du nichts sehen und nichts erfahren willst?

Ich kann doch den ganzen Nachmittag die Stadt besichtigen, das genügt.

Wenn es hell ist, siehst du nichts.

Aber ich kann mein Auto nicht hier draußen stehen lassen.

Warum nicht? Es geschieht ihm nichts. Ins Zentrum kannst du es nicht mitnehmen, und nur im Zentrum findet man, was man sucht.

Ich suche doch nichts!

Das Geschöpf lächelt, dann sagt es: Im Zentrum gibt es ein gutes Hotel, den Michaelshof.

Jetzt kommt mir ein Verdacht: dieses Geschöpf ist Student oder Studentin (die Frage nach dem Geschlecht ist noch nicht geklärt), Gelegenheitsarbeiter, bezahlter Zutreiber für das Hotel, das, weitab vom Verkehr und von der Welt abgeschlossen, Gäste braucht. Andrer Verdacht: hatte das Geschöpf nicht gesagt, es habe mich erwartet? Das Fräulein vom Reisebüro hat meinen Besuch angekündigt. Neuer Verdacht: gleicht dieses Wesen nicht wirklich auffallend dem Fräulein vom Reisebüro? Es kann ein Zwillingsbruder oder eine Zwillingsschwester sein. Das Ganze ist eine Verschwörung, um mich in diese verwünschte Stadt zu locken, weiß der Teufel, warum.

Ich sage, wieder das Sie aufnehmend: Sie haben eine gute Schule für Tourismus-Propaganda hinter sich; aber merken Sie sich: ich spiele da nicht mit.

Wieder lächelt dieses Geschöpf: Du bist schon im Spiel. Komm jetzt. Du wirst Wichtiges erfahren.

Also gut, sage ich. Aber wenn mein Auto gestohlen oder beschädigt wird?

Ich sagte dir: du kannst ganz unbesorgt sein.

Das Geschöpf beginnt vor mir herzugehen, ohne sich umzuschauen, ob ich folge. Da sehe ich, daß es keine Schuhe anhat. Es läuft auf bloßen Füßen ganz leicht über Schutt und Scherben, als ob es sie gar nicht berühre. Es geht wie ein Spitzentänzer.

Ich sage: Tun Ihnen nicht die Sohlen weh? Wieso tragen Sie nicht wenigstens Sandalen?

Ich brauche keine.

Na ja, sage ich, Hermes hatte Sandalen mit kleinen Flügeln.
Ich nehme an, das Geschöpf versteht das nicht, aber es lacht.
Flügel, sagt es, braucht man auf jeden Fall, aber es ist nicht nötig, sie an Schuhen und Füßen zu befestigen.
Aber, sage ich, mir fehlen Flügel wo auch immer, und mir tun die Füße weh.
Da bleibt es stehen und streckt mir, ohne sich umzusehen, die Hand hin. Ich nehme sie, in Gottes Namen, und lasse mich ziehen. Das Geschöpf geht ungemein schnell. Ich habe den vagen Eindruck, als flögen wir. Mir wird unbehaglich, ich halte mich an einem Laternenpfahl fest. Das Geschöpf dreht sich um und schaut mich an. Es sagt nichts, ich sage auch nichts. So stehen wir eine Weile. Ein stummes Tauziehen. Dann löst das Geschöpf den Bann, es geht einfach weg. Heißt das, daß es mich aufgibt? Ich ertrage es schlecht, wenn man mich einfach so stehen läßt. So folge ich schließlich. Das Geschöpf schaut sich nicht nach mir um. Das ärgert mich. Ich denke: Erst lockt es mich in diese verwünschte Stadt, dann läßt es mich stehen, ich finde mich hier nicht zurecht, was für ein Gewinkel von Gassen und Gäßchen zwischen Fachwerkhäusern. Das ist ein Labyrinth ohne Ausweg vielleicht, und ich bin darin verloren, und kein Mensch zu sehen, natürlich, alle sind an der Mauer beschäftigt, ich will versuchen, den Rückweg zu finden, aber ich habe die Richtung verloren, ich glaube, jemand will mein Verderben.

Da sehe ich das Geschöpf wieder, es wartet, es dreht sich mir zu, es lächelt, es sagt: Hörst du?
Ich höre: da plätschert und rauscht irgendwo Wasser.
Das Geschöpf sagt: Der Michaelsbrunnen; wir kommen jetzt zum Marktplatz im Zentrum der Oberstadt, und dort drüben ist das Hotel.
Ich will nicht ins Hotel, ich will heim.
Ohne erfahren zu haben, was du erfahren willst?
Ich will gar nichts erfahren, ich will jetzt heim.
Du bist freiwillig gekommen.
Darum will ich nicht gezwungen werden, hierzubleiben.
Niemand zwingt dich.
Nun gut, bringen Sie mich zum Auto.
Der Rückweg führt nach vorne, das weißt du selbst.
Können Sie mir eine Sicherheit geben, daß ich heil aus dieser Stadt zurückkomme?
Das Geschöpf lacht. Es lacht mich einfach aus. Ich werde allmählich zornig. Ich sage: Führen Sie mich sofort zur Polizei, zum Einwohner Meldeamt.
Was meinst du damit?
Die Frage verwirrt mich, meine eigene Frage scheint mir jetzt selbst töricht. Nun gut, sage ich, was ist, wenn ich bleibe?
Du wirst erfahren, warum du herkamst, du wirst erfahren, was du wissen sollst. Es ist ein großes Angebot, und es wird dir nie wieder gemacht.
Jetzt redet das Geschöpf mit einer Autorität, die ebenso sanft wie zwingend ist.

Also denn, sage ich. Und was jetzt?
Das ergibt sich. Wir sehen uns morgen früh wieder. Du findest mich in dem Buchladen an der Ecke neben der Kirche.
Sind Sie denn Buchhändler oder soll ich sagen: Buchhändlerin?
Das Geschöpf lacht belustigt. Es sagt: Ich habe nicht von meinem Beruf geredet, ich sagte nur, daß du mich dort findest.
Aber ich weiß nicht einmal Ihren Namen.
Ich habe mehrere. Du kannst wählen: Herma oder Stella oder Donat oder Victor.
So sind also Herma und Stella Ihre Vornamen, aber Donat und Victor, sind das Ihre Familiennamen?
Ich habe keine Familie mit Namen, sagt das Geschöpf.
Jeder Mensch hat einen Vornamen und einen Familiennamen.
Ja, sagt das Geschöpf. Ja. Sonst nichts.
Dann sagen Sie wenigstens, ob Sie ein Mädchen sind, Sie könnten ebensogut ein junger Mann sein, Ihre Stimme ist so dazwischen, und überhaupt . . .
Das Geschöpf bricht meine Überlegung ab; es sagt: Am besten trifft der Name Herma.
Jetzt hat das Geschöpf wenigstens einen Namen. Es will also ein Mädchen sein oder dafür gelten, obwohl ich keineswegs sicher bin, daß die Auskunft stimmt.
Also bis morgen!
Aber ich habe alles, was ich für die Nacht brauche, im Auto.

Du brauchst nichts davon. Du findest alles im Hotel. Damit läßt es, oder jetzt vielmehr sie, mich stehen und verschwindet.
Jetzt erst bemerke ich, daß es schon dämmert. Wir müssen stundenlang durch die Stadt gelaufen sein, denn als ich ankam, war früher Nachmittag. Nach Hermas Weggang fühle ich mich abscheulich verlassen. Ich stehe eine Weile vor dem Brunnen: der Erzengel Michael steht auf einer Säule und sticht nach dem Drachen, aus dessen verwundeter Seite anstelle des Blutes ein dicker Wasserstrahl hochschießt, der, fallend, sich in eine flache Schale ergießt, die nach allen Seiten überfließt und eine zweite, größere Schale füllt, bis das Wasser in einem dritten breiten Becken sich sammelt. Das Plätschern und Rauschen ist sehr laut, als komme es von einem hohen starken Wasserfall. Der ganze Marktplatz ist voll von diesem Rauschen, das immer stärker wird. Es ist ein gewaltiges Rauschen, unangemessen dem gar nicht großen Brunnen. Es umgibt mich wie ein dichter Vorhang. Ich bin schließlich froh zu sehen, daß über einer Tür eine Laterne aufleuchtet und ein Schild bestrahlt, auf dem steht: »Hotel Michaelshof«. Für eine Nacht also bin ich untergebracht.
Das Hotel scheint eins von den guten altmodisch behaglichen zu sein: eine holzgetäfelte Eingangshalle mit alten Möbeln und alten Stichen: lauter Abbildungen alter Ruinenstädte, wie Piranesi sie darstellte. Hinter einer Theke der Portier. Ein erstaunlich alter Mann, an dem alles eisgrau ist, wie im Rauhreif gefroren: das halblange

Haar, die buschigen Augenbrauen, die Haut, der Kittel. Seine spitzen Schultern hat er hochgezogen, so daß der Kopf wie bei einem Buckligen dazwischen steckt. Vielleicht ist der Alte wirklich bucklig, ich kann das in der etwas trüben Beleuchtung nicht genau erkennen. Er schreibt etwas. Er nimmt keine Notiz von mir. Ich sage: Guten Abend, ich möchte ein Zimmer für eine Nacht, ich glaube, jemand hat es für mich vorbestellt. Er antwortet nicht. Hinter ihm bewegt sich das Pendel einer großen Standuhr, aber ich höre kein Ticken, und als der Zeiger auf acht steht, schlägt sie nicht, der Zeiger wandert lautlos weiter. Ich warte.

Schließlich sagt der Mann, der augenscheinlich der Portier ist: Was wollen Sie hier?

Ich sagte es schon: ein Zimmer für eine Nacht.

Ich frage Sie, was Sie in dieser Stadt wollen.

Bin ich gezwungen, Ihnen auf eine solche Frage zu antworten?

Jetzt erst blickt er auf. Mir wird plötzlich kühl, und ich drehe mich um, zu sehen, ob jemand die Eingangstür geöffnet und einen kalten Luftzug eingelassen hat. Niemand ist hereingekommen und ganz gewiß niemand hinausgegangen. Der Alte schaut mich eine Weile an mit seinen eisgrauen Augen, in denen aber keine Härte ist, sondern prüfende Besorgnis. Ich fühle mich wie ein Angeklagter vor einem strengen, aber wohlwollenden Richter. Doch überläuft mich mehrmals ein kleiner kühler Schauer. Es ist freilich auch ein wenig frostig in der Halle.

Schließlich sagt der Alte: Sie kamen über die Grenze?
Ja, sage ich, und ich habe einen Paß, aber der ist in meinem Auto außerhalb der Mauer, im Dunkeln finde ich nicht dorthin zurück, ich bringe ihn morgen früh.
Unnötig, sagt der Alte. Sie sind mir bekannt.
Wieder überläuft mich der kleine Schauder, aber ich sage aufsässig: Ja, natürlich, ich habe bereits begriffen, daß die Organisation tadellos funktioniert: der Telefon-Anruf, das Fräulein im Reisebüro, dieses Mädchen namens Herma und wie sie sonst noch heißt, und jetzt der Portier dieses Hotels. Perfekt.
Der Alte sagt ruhig: Ich bin der Pförtner.
Ja, das weiß ich.
Er wiederholt: Ich bin der Pförtner.
Na ja, Pförtner oder Portier, als sei da ein Unterschied.
Es ist einer.
Nun, wenn Sie Pförtner sind, wo ist die Pforte? Das ist eine Haustür, keine Pforte.
Er deutet stumm auf den Boden.
Sie haben die Pforte passiert und die Schwelle bereits überschritten. Ich bin der Hüter der Schwelle.
Mir wird kalt.
Er dreht sich jetzt um und holt vom Bord hinter seinem Rücken zwei Schlüssel und legt sie vor mich auf die Theke.
Ich brauche nur ein Zimmer, nicht zwei.
Er sagt: Ich weiß. Wählen Sie!
Wie kann ich wählen, ohne die Zimmer gesehen zu haben?

Es handelt sich nicht darum, ein Zimmer zu wählen, sondern einen Schlüssel.
Jetzt schaltet er ein weiteres Licht ein. Ich sehe, die Schlüssel sind sehr alt, sie haben schwere Bärte und schön gearbeitete Griffe. Die Griffe sind Ringe, in denen frei an einem Metallfaden ein Medaillon hängt, das, ebenfalls aus Metallfäden gearbeitet, etwas darstellt, sehr klein, aber deutlich erkennbar. Das eine: ein Wagen, zweirädrig, ohne Vorspann, darauf frei stehend ein Mann, dessen Haar und Umhang vom offenbar starken Fahrwind nach rückwärts geweht sind. Der Mann hat in der Hand, lässig nach unten gehalten, ein Szepter oder eine Trophäe. Er sieht aus, als komme er siegreich aus einem Kampf zurück.
Das Bild gefällt mir, wie mir alles Siegreiche gefällt, allerdings mit Vorbehalt.
Den da! sage ich.
Der Pförtner reicht mir eine Lupe. Jetzt sehe ich, daß sich ein Rad des Siegerwagens halb gelöst hat, es wird gleich abfallen, das Gefährt wird umstürzen und das, was auf dem Wagen liegt, die Siegesbeute offenbar, ein Sack, ist schon halb vom Wagen geglitten, der Sack hat sich geöffnet, und was herausfällt, scheinen Münzen zu sein, der Fahrer merkt es nicht, oder er merkt es und fährt so rasch, um wenigstens den Rest nach Hause zu bringen. Mit der Lupe sehe ich, daß sein Gesicht verzerrt und sein Mund weit offen ist: er schreit. Jetzt verstehe ich, warum er das Szepter nach unten hält: er ist ein Schein-Sieger.

Nun? sagt der Pförtner und schiebt mir den andern Schlüssel zu: Ein junger Mann zu Fuß, über der rechten Schulter ein Stab mit einem Beutel, der sichtlich leer ist, und auf dem Kopf eine Schellenkappe. Ein Bettler, nein: ein Narr. Ihm folgt ein Hund, der sich in seinen Mantel verbissen hat. Der Narr sieht das, er könnte den Hund mit seinem Stab vertreiben, er tut es nicht, er lacht heiter; es scheint, er wolle den Hund streicheln, jedenfalls nimmt er die Sache nicht ernst, vielleicht spielt der Hund auch nur.

Nun? fragt der Pförtner.

Also den da, sage ich, und greife nach dem Narrenschlüssel.

Das Gesicht des Pförtners verrät weder Zustimmung noch Mißbilligung. Er nimmt die Sache zur Kenntnis. Sie überrascht ihn offenbar nicht. Er hängt den nicht gewählten Schlüssel wieder an das Brett, an dem kein weiterer hängt.

Ich frage: Hat das Hotel nur zwei Zimmer?

Er sagt: Sie reden immer von Zimmern. Es handelt sich aber um Schlüssel.

Aber, sage ich, mir geht es um ein Zimmer, in dem ich in dieser Nacht schlafen kann.

Er deutet mit dem Zeigefinger zur Treppe.

Und wie finde ich das Zimmer?

Sie finden es.

Im ersten Stock steht eine Tür offen. Ich nehme an, dies ist das Zimmer für mich.

Ein angenehm altmodisches Zimmer mit schönen alten

Möbeln, wie sie meine Großeltern mütterlicherseits hatten. Frühes Biedermeier. Über dem breiten Bett hängt ein Bild, ein Doppelportrait, Mann und Frau. Der Mann trägt ein schwarzes Käppchen wie ein Rabbiner. Gekleidet sind beide im Biedermeierstil. Der Mann schaut streng, die Frau lächelt etwas gezwungen, wie für den Maler; es ist kein gutes Lächeln. Beide schauen mich an.
Das ist mir unangenehm. Die beiden erinnern mich an Leute, die ich gekannt habe. Dem Alter nach könnten sie meine Urgroßeltern sein, die ich nur von den Fotos her kenne. Die Vorfahren meiner Mutter waren reiche Leute, große Geschäftsherren und Bankiers. Mutters Vater war besonders reich. Mein Vater sprach, obwohl selber reich, mit Zorn von ihm, aber ich weiß nicht mehr wieso, vielleicht ging es um das Erbe, das meiner Mutter zustand und das ihr vorenthalten wurde, ihrer irgendwie unpassenden Heirat wegen, aber das ist nebelhafte Erinnerung. Und wie käme ein Bild meiner Ahnen hierher? Unsinn, sage ich, und beschließe, mich nicht um das Bild zu kümmern und statt dessen zum Essen zu gehen. Ich habe Hunger. Ich gehe in die Halle hinunter.
Der alte Pförtner ist nicht mehr da, statt dessen ein junger munterer Bursche, der vor sich hinsingt. Ich frage nach dem Alten.
Ach der, der ist mal da, mal nicht, er kommt und geht, wir wechseln uns ab.
Während er redet, hüpft er von einem Bein aufs andre, als wolle er kalte Füße wärmen.
Frieren Sie? frage ich.

Nein. Wieso?
Weil Sie so springen.
Oh, das kommt daher, daß ich ein Läufer und Tänzer war und meine Lust am Laufen nicht bezwingen kann.
Aber, sage ich, dann haben Sie den falschen Beruf gewählt.
Er lacht, und bei seinem Lachen und Springen klirren die Gläser in einer Vitrine wie kleine Schellen.
Hören Sie, sage ich, wo kann ich etwas zu essen bekommen?
Hier nicht. Die Küche ist seit langer Zeit unbenützt, sie ist verschlossen. Aber Sie können drüben im Ratskeller etwas bekommen.
Wie lange ist hier die Pforte offen?
Immer. Stadt und Pforte sind offen.
Aha. Offene Stadt. Aber wenn die Mauer wieder aufgebaut ist, dann ist sie verschlossen.
Ja, sagt er, und springt noch rascher, und die Gläser klirren und klingeln noch lauter.
Mensch, sage ich, können Sie denn um Himmels willen nicht einen Augenblick stillstehen?
Schwerlich, sagt er. Ich bin zum Laufen und Springen gemacht.
Scheint so, sage ich. Plötzlich erinnert er mich an etwas. An zweierlei: an das Mädchen Herma und an das Medaillon mit dem Narren an meinem Schlüssel.
Aus Spaß sage ich: Wenn Sie so springen, wunderts mich nicht, daß die Stadtmauer einstürzt.
Er lacht, jetzt springt er mit beiden Beinen zugleich

hoch, als spiele er Seilhüpfen. Nun klirrt und klingelt alles im Raum, auch die Fensterscheiben und die Lampen. Ich beginne Lust zu verspüren, auch zu hüpfen. Nur mit Mühe bezähme ich mich, aber beim Hinausgehen hüpfe ich doch, wenn auch nur wenig und vor mir selber verlegen.

Der Marktplatz liegt im Schein des Vollmonds, der schon hoch über den Dächern steht. Wie konnte er in so kurzer Zeit hochsteigen? Ich war nicht länger als eine Viertelstunde im Hotel. Als ich es betrat, war kein Mond am Himmel, das hätte ich bemerkt, und die Dämmerung hatte erst begonnen. Jetzt werfen die hohen spitzen Giebel der Fachwerkhäuser lange scharfe Schatten auf das Kopfsteinpflaster, und jeder der in Jahrhunderten abgeschliffenen Pflastersteine wirft einen halbrunden Schatten, so daß der Platz aussieht wie ein windgewellter Teich, von einem Kind gezeichnet. Der Michaelsbrunnen ist ein Schiff auf diesen steinernen Wellen, die Wasserstrahlen werfen unruhige Schatten, das Wasser rauscht, und mir ist, als stehe der Platz unter Wasser oder sei mit mir auf den Grund eines tiefen Sees gesunken.

Aber wenigstens bin ich jetzt nicht allein. Aus der Richtung des Mauereinsturzes kommen Leute. Ich höre ihre Schritte kaum, sie huschen wie Mäuse, Schattenmäuse, über den Platz und verschwinden in den Häusern. Nur wenige kommen so nah, daß ich sie sehe: sie gehen mit eingezogenen Köpfen wie Kinder, die Strafe erwarten. Sie sind offensichtlich zu Tode erschöpft.

Jetzt bemerke ich, daß ich friere. Ich gehe ins Hotel zurück, um meine Wolljacke zu holen. Der Bursche springt wieder oder immer noch, und jetzt erreicht er mit seinen Sprüngen fast die Decke.

Mensch, sage ich, Sie bringen das Hotel zum Einstürzen.

Er hält kurz inne im Springen und sagt: Das eben soll geschehen.

Was?

Es ist Zeit, daß die Mauer einstürzt, ein für alle Male.

Aber dann wollen Sie das Gegenteil von dem, was alle Bürger dieser Stadt wollen?

So ist es.

Und warum, wieso?

Er springt wieder, und im Springen sagt er: Ich bin die Opposition.

Und dann, als sei das die Erklärung, fügt er hinzu: Ich bin nämlich Michael.

In diesem Augenblick begreife ich etwas, aber was das ist, löst sich sofort wieder auf in Nebel. Michael, sage ich. Da draußen auf der Brunnensäule steht der Erzengel Michael.

So ist es, sagt der Bursche, der also Michael heißt, und er fügt hinzu: Aber der Drache ist nicht tot.

Wovon reden Sie?

Aber er ist so sehr mit Hüpfen und Springen beschäftigt, daß er mir keine Antwort gibt. Als ich schon auf der Treppe bin, ruft er mir nach: Das alles werden Sie bald

verstehen, Geduld! Sie werden den Drachen kennenlernen, den Sie schon kennen.
Er lacht. Ist das alles denn zum Lachen? Doch wohl nicht.
Ich gehe in mein Zimmer. Die beiden Alten auf dem Bild schauen mich an. Na, Ihr, sage ich, schaut nur! Was geht Ihr mich an? Laßt mich gefälligst in Ruhe, Ihr! Oder habt Ihr etwas zu tun mit dieser Stadt und dem Drachen?
Ich springe ein paarmal in die Höhe, als sei dies ein Signal, ein Kennwort. Dann stecke ich ihnen die Zunge heraus, nehme meine Jacke und gehe. Der Bursche Michael hüpft und springt und winkt mir zu.
Ich bin wieder auf dem Marktplatz. Immer noch kommen Leute von der Arbeit. Und wenn sie nun die Mauer wieder aufgebaut hätten? Wenn auch der Durchschlupf zugemauert wäre? Wenn ich also mit diesen Leuten zusammen eingemauert wäre in diesem Hügelgrab? Aber ich gehöre doch nicht zu ihnen. Mich kann man doch nicht mit einschließen. Diesem Burschen Michael wird es nicht gelingen, mit seinem Gehüpfe die Mauer vollständig und für immer einstürzen zu lassen. Soll ich etwa mithelfen, das heißt mitspringen? Ich lache laut, gehe aber, wider Willen hüpfend, über den Marktplatz.
Jetzt sehe ich, daß sich Türen öffnen und Leute heraustreten und alle auf den Ratskeller zustreben, schweigend und huschend wie Nachtgetier.
Na, Ihr, denke ich, Ihr wagt nicht aufzutreten, Ihr habt Angst, eure Mauer stürze wieder ein!

Was für absurde Gedanken ich habe. Ich verscheuche und verdränge sie. Ich will essen und dann schlafen, weiter nichts.
Ich erwarte nicht gerade ein gemütliches Lokal, aber doch einen Raum, in dem es etwas zu essen gibt. Ich sehe, daß die Leute eine steinerne Treppe hinuntersteigen. Dort unten wird wohl der Ratskeller sein. Man steigt tiefer und tiefer. So tief liegt sonst kein Ratskeller. Ich habe ein wenig Angst bei diesem Abstieg ins Ungewisse. Schließlich kommen wir ans Ziel: ein großer Saal, der eher eine Krypta unter einem Dom zu sein scheint als ein Ratskeller, in dem es zu essen und zu trinken gibt. Aber es gibt doch an der Wand einen langen Tisch, auf dem Brotscheiben und Weinkrüge stehen. Jeder schenkt sich im Vorbeigehen einen Becher ein und nimmt ein Stück Brot. Das ist alles, was es gibt. Aber immerhin: der Wein ist gut und das Brot auch. Ich esse und trinke stehend, denn ich weiß nicht, wohin ich mich setzen könnte. Die Leute setzen sich an einen langen Refektoriumstisch und essen und trinken schweigend. Dann räumen sie die Becher weg und picken mit feuchten Fingern die Brotbrösel vom Tisch, genauso, wie es mein Großvater mütterlicherseits gemacht hat, aus Geiz. Er war ein reicher Mann.
Da ich einigermaßen satt bin, könnte ich ja jetzt gehen, aber ich bleibe, in den Schatten einer Säule gedrückt, immer gewärtig, entdeckt und hinausgewiesen zu werden.
Nun hat sich einer der Männer erhoben, ein Alter, der

mich an den Hotelpförtner erinnert, aber er ist sichtlich noch älter, er muß uralt sein, ein Hundertjähriger, aber seine Stimme verrät nicht das Alter, sie ist fest und laut. Er eröffnet wohl eine Ratssitzung, ich verstehe aber die Sprache nicht. Ist das schlechtes Latein? Nein. Oder Mittelhochdeutsch? Das würde ich doch verstehen. Es kann eine Geheimsprache sein, ich soll etwas nicht verstehen. Dann spricht er deutsch, ein normales mittelhochdeutsch eingefärbtes Deutsch. Er fordert einen der Männer, die wohl Ratsherren sind, auf, über »das letzte Ereignis« zu berichten. Das letzte Ereignis ist der Mauer-Einsturz, was sonst.

Der Ratsherr steht auf und berichtet, als lese er eine Lokalzeitungsnotiz vor, aber er spricht frei mit geschlossenen Augen:

Während die vorhergegangenen Einstürze durchaus erklärbar sind . . .

Hier unterbricht ihn zänkisches Gemurmel, und der Uralte sagt: Kommen Sie zur Sache.

Der Gescholtene senkt den Kopf und fährt in dieser Haltung fort:

Der Einsturz ist unerklärbar und ebenso unerklärbar die Tatsache, daß die Turmwächter nichts davon bemerkt haben. Als der Wächter des Nordost-Turms heute früh um sechs seinen üblichen Rundgang antrat, sah er, daß die Mauer eingestürzt war, aber offenbar ganz kurz zuvor, denn noch stiegen Staubwolken hoch. Pflichtgemäß unterrichtete er sofort die Städtischen Behörden, die dann zum Tatort eilten.

Der Uralte klopft auf den Tisch: Wieso reden Sie von einem Tatort? Sie unterstellen, daß eine Tat stattfand und daß es Täter gibt?
Der Angesprochene sagt verwirrt: Ich habe das Wort nur aus Gewohnheit gebraucht. Ich bin ja Amtsrichter. Die Zuständigen eilten, kaum angekleidet, sofort zur ... zur Einbruchstelle.
Der Uralte sagt: Man hole den verantwortlichen Turmwächter.
Der ist nicht mehr aufzufinden.
Was heißt das?
Er ist nicht mehr in der Stadt. Man hat ihn fortlaufen sehen, aber niemand hat dieser Tatsache Gewicht beigelegt.
Einer ruft: Kein Mensch konnte ihn fortlaufen sehen, es war ja noch fast dunkel.
Der Amtsrichter sagt: Aber in der Stadt ist er nicht mehr. Das deutet auf Komplizenschaft mit dem Täter oder den Tätern, wenn es Täter gibt.
Oder, sagt ein andrer, er hatte Angst vor Strafe wegen Vernachlässigung seiner Pflicht.
Der Älteste sagt: Er wird wiederkommen. Außerhalb dieser Stadt findet er kein Amt. Weiter!
Der Amtsrichter fährt fort: Kurze Zeit danach begannen die Bürger der Stadt mit dem Wiederaufbau. Sie haben mit hervorragender Sachkenntnis und heroischem Opfermut ...
Lassen Sie Ihre Privat-Urteile und Sprachschnörkel weg.

. . . haben den ganzen Tag gearbeitet, so daß die Mauer jetzt wieder fast geschlossen ist, was übrigens der Annahme widerspricht, der Wächter könne zurückkehren. Er ist womöglich in der Stadt versteckt.
Der Älteste sagt: Kehren wir zur Sache zurück, nämlich zu der Frage nach der Ursache des diesmaligen Einsturzes.
Er schaut dabei einen der Ratsherren an, der sofort, wie ein vom Lehrer aufgerufener Schüler, hochschnellt und zu reden beginnt, während er zur Decke schaut, als läse er von dort den Text ab: Der letzte Einbruch fand statt im Jahr 1968. Die Ursache blieb ungeklärt. Die Sonderkommission arbeitete sieben Jahre lang ohne . . .
Hier erhebt sich ein Gemurmel und Gemurre, bis der Älteste auf den Tisch klopft: Wir sprechen vom heutigen Einsturz. Zur Sache.
Damals wurde die Mauer nach dem endgültigen Wiederaufbau von Sachverständigen geprüft.
Der Älteste unterbricht ihn: Waren Sie bei dieser Überprüfung anwesend?
Nein.
Ein andrer erhebt sich. Der Älteste fragt ihn: Hat man keinen Mangel festgestellt?
Der Gefragte antwortet, er sei nicht verantwortlich gewesen, er habe nur einen Teilabschnitt des Baues zu überprüfen gehabt, dort sei alles in Ordnung gewesen.
War das insgesamt beim Bau verwendete Material einwandfrei?

Der Gefragte sagt, das könne er nicht wissen, jedoch er sei der Meinung, man habe damals sehr rasch gebaut, gezwungen durch die Zeitverhältnisse, man habe nicht abwarten können, bis neues Baumaterial eingetroffen sei, so habe man die noch brauchbaren Steine der alten Mauer verwendet.
Wer hatte die Bauleitung?
Ich nicht. Der Verantwortliche ist inzwischen verstorben, der leitende Bau-Ingenieur hat sich . . .
Aufhören, aufhören! schreien die Ratsherren.
Der Älteste klopft. Das wissen wir, sagt er. Weiter!
Der Berichterstatter fährt eilfertig fort, sichtlich erleichtert, daß der Älteste nicht auf der Frage nach den Verantwortlichen beharrt:
Der Einsturz von 1968 erfolgte nach einer langen Pause der Ruhe, die von 1948 ab gerechnet zwanzig Jahre dauerte. Dem Wiederaufbau der Mauer waren sechs Jahre vorangegangen, in denen weder Material noch Arbeitskräfte vorhanden waren. Die Ursache des Einsturzes von 1942 ist bekannt: die Explosion des Munitionslagers in der Nähe unsrer Stadt während eines englischen Bombenangriffs.
Einer sagt: Das Lager war hundert Kilometer entfernt.
Der andre sagt sonderbar erbittert: Der Luftdruck war sehr stark.
Der Älteste sagt: Das ist bekannt. Weiter!
In der Stadtchronik ist verzeichnet ein Einsturz im Jahr 1918.

Einer ruft: Und 1932?
Der Sprecher ist verwirrt, dann stottert er: Das war ein unerheblicher Einsturz infolge von Verwitterung.
Jemand lacht. Es ist hörbar ein Spottgelächter.
Der Chronist stockt, fährt dann aber eilig fort: Ein anderer Einsturz war erfolgt 1917 bei der Beschießung der Stadt von der französischen Seite her. Damals dauerte es infolge der Materialknappheit . . .
Jemand ruft: Infolge der Menschenknappheit. Mehr als ein Drittel der Männer war im Krieg gefallen oder noch in Gefangenschaft, jedenfalls dauerte es einige Jahre, bis die Mauer wieder instand gesetzt war. Es ist anzunehmen, daß damals nicht mit der nötigen Sorgfalt gearbeitet wurde, zumal . . .
Weiter!
Zumal damals die Bürger dieser Stadt nicht einer Meinung waren in bezug auf die Notwendigkeit einer Mauer, von der man wußte, daß sie im Kriegsfall keinen Schutz gewährte.
Im Kriegsfall! ruft einer. Aber sie ist doch Schutz im Frieden. Schutz vor inneren Feinden.
Einer lacht wieder sein Spottgelächter. Er wird niedergezischt. Ich schaue mir den Lacher an. Er ist jünger als die andern und wirkt wie ein Fremdling unter ihnen. Doch muß er ein Ratsherr sein, denn sonst wäre er nicht anwesend bei dieser Ratssitzung. Sein Gesicht kommt mir bekannt vor. Er hat Ähnlichkeit mit einem meiner Onkel mütterlicherseits. Aber der ist doch schon lange ausgewandert, 1930 schon. Ich bin verwirrt. Ausgewandert,

woher wohin. Doch nicht in diese Stadt? Ich beschließe, ihn nach der Sitzung anzusprechen.
Der Chronist redet weiter: Vor dem Einsturz von 1917 lag eine lange Periode der Ruhe. Die Chronik verzeichnet keine Mauerschäden, abgesehen von einigen Sprüngen, die durch Erdbeben geringerer Stärke verursacht waren.
Der Rebellische ruft dazwischen: Und abgesehen von den immer wieder niedergeschlagenen Versuchen einiger kluger Leute, die Mauer zu öffnen.
Zwischenrufe: Was soll das heißen, wovon redet der eigentlich, wer hätte denn solch verbrecherische Versuche gewagt, und kluge Leute sollten das gewesen sein?
Der Rebellische lacht.
Der Älteste schaut den Rebellen an. Mir scheint, zwischen den beiden ist ein geheimes Einverständnis. Es wird gestört durch die Rufe der andern: Weiter, weiter!
Der Chronist fährt eifrig fort: Der historisch bekannteste Einsturz erfolgte im Jahr 1635. Damals wurde die Mauer beim Ansturm der Schweden fast völlig zerstört. Der beklagenswerteste Einsturz aber war 1524 erfolgt, als sich innere Feinde mit äußeren verbündeten.
Der Rebellische ruft: Was heißt das?
Der Chronist sagt mit sonderbarer Erbitterung: Das heißt, daß pflichtvergessene Einwohner dieser Stadt, meist Handwerker . . .
Und Arbeiter! ruft der Rebell dazwischen.
Pflichtvergessene auf jeden Fall, fährt der Chronist fort,

die mit den aufständischen Bauern des Umlands gemeinsame Sache machten und mit ihnen zusammen begannen, die Mauer niederzureißen. Allerdings ...
Und warum? ruft der Rebellische, warum haben die Bauern sich erhoben? Weil sie unterdrückt waren. Ausgebeutet von den Fürsten und den reichen Stadtbürgern.
Aber, sagt der Chronist hartnäckig, dieser Aufstand mißlang, weil er ungerecht war.
Der Rebellische lacht wieder. Sein Gelächter ist so laut, daß es das Murren der andern überdeckt. Der Älteste unterläßt jedes Zeichen der Zustimmung oder Ablehnung. Er wartet schweigend, bis sein Blick von selbst Ruhe schafft.
Der Chronist fährt fort, sichtlich erschöpft, seine Stirn ist feucht vor Schweiß: Weiter zurück als bis ins Jahr 1524 reicht die Stadtchronik nicht.
Die geschriebene, sagt einer; aber es gibt andre Arten der Überlieferung. Haben wir nicht gewisse Münzen gefunden ...
Warum diese simple und sachliche Bemerkung einen derartigen Sturm der Entrüstung auslöst, ist mir unbegreiflich. Die Älteste schaut mit eisiger Strenge über die Streitenden, ehe er schließlich auf den Tisch schlägt. Es dauert lange, bis er sich Gehör verschafft.
Einer sagt: Aber wir reden doch nur von jenen römischen Münzen, die wir beim ...
Er wird überschrien von einem Chor wütender Stimmen.

Der Älteste klopft wieder auf den Tisch. Endlich ist Ruhe.
Er sagt: Wem nicht daran gelegen ist, bis zur Wahrheit vorzudringen, der mag den Sitzungssaal verlassen. Er gehört fürderhin nicht mehr zu uns.
Ich sehe, daß einige sich unruhig bewegen, als wollten sie aufstehen, aber es geht keiner weg.
Nach einer langen Pause sagt der Älteste: Wir wollen chronologisch vorgehen und uns an Tatsachen halten, die als erwiesen gelten können.
Einer hebt die Hand und erhält die Erlaubnis zum Sprechen: Ich als Historiker erlaube mir zu sagen, daß der Einsturz unsrer Mauer auf jene Zeit zurückzuführen ist, als die Römer in unser Gebiet einfielen, die Kelten vertrieben und auf den verbliebenen Resten der keltischen Siedlungen ihre eigenen bauten. Es waren befestigte Siedlungen, deren Namen wir kennen und noch gebrauchen für jene Städte, die viel später, im Mittelalter, auf den Resten römischer Siedlungen erbaut wurden: Augusta vindelicorum als Augsburg, Castra Regina als Regensburg, Confluentes als Koblenz, Maguntiacum als Mainz, und so fort. So ist auch unsre Stadt entstanden. Über ihren Namen gehen die Meinungen auseinander, aber gewiß ist er römischen Ursprungs. Villa ist gesichert, nicht aber die Bedeutung des Abba, das vielfach verstümmelt in den Chroniken in mehreren Versionen auftritt, sei es als Villa aqua oder Aquavilla oder Abbavilla oder Villa adversa, und so fort. Der Name Aquavilla ist einleuchtend, denn hier, unterhalb unsrer jetzigen

Mauer, befand sich ein Römerbad erheblichen Ausmaßes, dessen Reste vor siebzig Jahren gefunden wurden nebst einer Anzahl römischer Vasen. Somit . . .
Einer, wieder der Rebell, ruft: Vasen mit Münzen. Silbermünzen. Aber keine römischen, und die Vasen sind nicht alt.
Wieder erhebt sich ein Sturm der Entrüstung, bis der Älteste klopft.
Er sagt: Man vermeide Mutmaßungen.
Der andre, dessen laute rebellische Stimme nicht überhört werden kann, ruft: Und wo sind diese Vasen? Wo sind die Silbermünzen?
Ein andrer sagt mit einer Nachsicht, wie man sie vorlaut fragenden Kindern zukommen läßt: Wer kann das wissen, nachdem zwei Weltkriege über unsre Stadt hingingen?
Der Rebell sagt: So unterstellst du, daß Vasen und Münzen bis zum Ersten Weltkrieg vorhanden waren? Und woher weißt du das?
Der Angeredete wird unsicher: Es könnte ja sein, daß sie doch erhalten blieben, von jemand in Sicherheit gebracht. Im Ausland vielleicht. Man müßte einen Zeugen finden . . .
Hier schaut er plötzlich in die Richtung des Rebellen, und der schaut mich an. Ohne Zweifel: jetzt bin ich gemeint.
Der Blick des Rebellen ist ein Messer, das einen dunklen Vorhang zerschneidet. Ich erinnere mich: ich sehe mich, etwa zwölf Jahre alt, vor dem Biedermeier-Schreibtisch

meiner Mutter stehen, an dem, was vorher nie geschehen war, der Schlüssel steckt. Ich bin neugierig, ich öffne den Deckel und das obere Fach, es hat noch ein Geheimfach, das unverschlossen ist. In diesem Geheimfach liegt Geld. Silbergeld. Aber kein heute gebräuchliches. Es sind alte Münzen. Viele. Ich berühre sie: das Metall ist rauh, aber es glänzt, jemand muß es geputzt haben, darum wohl steht das Fach offen. Da kommt meine Mutter, stößt mich weg, schließt Geheimfach, Fach und Schreibtisch und sagt ganz ungewöhnlich scharf:

Finger weg, das ist Teufelszeug.

Warum?

Es ist so. Geld ist eine Erfindung des Teufels.

Aber mit Geld kauft man ein, und ohne Geld bekommt man nichts.

Ja eben.

Mama, wir sind sehr reich, nicht wahr?

Sie seufzt.

Sag doch, Mama.

Nun ja.

Mama, woher kommen diese Münzen?

Ach Kind, die machen nicht unsern Reichtum aus, das ist nur ein Symbol dafür.

Ich erinnere mich dieses Wortes, weil es so geheimnisvoll klang. Wir haben also ein Symbol, und das macht uns reich. Ein Symbol, das ist eine Art Zauberer, der Geld macht, ein Goldesel vielleicht.

Aber, Mama, woher kommen diese Münzen?

Dein Großvater hat sie gefunden.

Wenn sie jemand verloren hat, muß man sie ihm wiedergeben.
So ist es. Nur: wer hat sie verloren?
Das bringt man doch heraus, oder?
Denen sie gehörten, die finden wir nicht mehr, sie sind tot.
Dann gehören sie also uns?
Nein. Sie gehören nicht uns. Nichts gehört einem allein. Aller Besitz ist gefunden und gestohlen. Häng du dein Herz nicht an dieses Teufelszeug.
Mama, warum verschenkst du es nicht?
Weil es nicht mir gehört, sondern Familienbesitz ist.
Gehöre ich auch zur Familie?
Dumme Frage: natürlich gehörst du dazu.
Dann gehört das Geld auch mir.
Ja, leider. So bist auch du verstrickt in Schuld.
Ist es denn eine Schuld, reich zu sein?
Ja. Und man büßt dafür.
Und wenn ich das Geld dorthin trage, wo der Großvater es gefunden hat?
Dorthin kommt man nicht mehr. Über den ausgeraubten Fundort hat man Erde gehäuft. Niemand weiß mehr, wo genau die Münzen waren. Und jetzt geh!
Mama, ich will den Ort finden.
Aber Kind, wie kannst du bis zu dem Silberbergwerk hinunterkommen? Das ist längst verschollen.
Ich will es aber finden. Und wenn ich solche Münzen finde, verschenke ich sie, und die da auch, dann sind wir nicht mehr reich, und alles ist gut.

Meine Mutter umarmt mich und schiebt mich zur Tür hinaus.
Das Wort Silberbergwerk blieb in mir haften. Ein Zauberwort. Das Wort glänzt. Es ist ein Symbol. Aber es ist etwas Gefährliches. Sogar etwas Schlimmes.
Ich weiß jetzt, wir sind reiche Leute, und zwar Alt-Reiche. Der Reichtum gehört zu uns, aber er gehört uns nicht.
Die bittere Bestätigung: eine Mitschülerin sagt bei einem Streit: du Kapitalistenkind, was weißt denn du vom Leben, du schwimmst im Geld, und wir sind arm.
Ich biete ihr einen Geldschein, ich habe immer Geld in der Tasche, mein Großvater, der Bankier, steckt es mir zu. Sie zerknüllt ihn und wirft ihn mir vor die Füße: Kapitalistenschweine Ihr. Meint mit Almosen was gut zu machen!
Sie läßt mich stehen.
Warum nimmt sie das Geld nicht, wenn sie doch arm ist?
Ich erzähle den Vorfall meiner Mutter. Sie sagt: Das Mädchen hat recht.
Aber, Mama, haben wir denn das Geld gestohlen?
Ja und nein.
Dann versucht sie mir zu erklären, was ein Bankier ist, was mein Großvater macht, um Geld zu bekommen, was vor ihm mein Urgroßvater tat und vor ihm ... Eine ganze Dynastie von Bankiers, und sie versucht mir zu erklären, was das Zinswesen ist.
Das bleibt in mir haften: Zins, Silber, Silberbergwerk.

Irgendwo in der Tiefe unter unsrer Stadt und in der Tiefe der Zeit liegt jenes böse Symbol.

Diese Erinnerung schießt jetzt wie ein Bündel von Blitzen durch mein Gedächtnis, ehe ich dem Fortgang des Gesprächs folgen kann. Es geht jetzt darum, festzustellen, daß zwischen dem Mauer-Einsturz und dem Römerbad eine Beziehung bestehe.

Einer sagt, daß die Römer ihre Bäder dort anlegten, wo warme Quellen waren, und warme Quellen gibt es nur auf vulkanischem Gebiet, und vulkanisches Gebiet ist immer ein Unruhe-Herd, anfällig für Verschiebungen im Boden, die ausgelöst sind durch Erdbeben, auch durch ferne. Ist nicht in der Nähe ein erloschener Vulkan?

Ich denke: Und der Hügel, auf dem diese Stadt steht, ist vielleicht kein künstlicher, sondern ein Vulkan, wer weiß, vielleicht arbeitet er wieder, wenn auch in großer Tiefe, und diese Tiefenarbeit ist die ganz simple Ursache für den Einsturz der Mauer. Wozu all diese Geheimniskrämerei? Ich möchte es gerne laut sagen, aber es kommt mir unpassend vor, mich einzumischen. Andrerseits: hat mich der scharfe Blick jenes Sprechers nicht geradezu aufgefordert, mich betroffen, also einbezogen zu fühlen? Ich bin verwirrt, mir ist unbehaglich zumute. Bin ich in eine Falle geraten? Was wollen diese Leute von mir? Aber ich bin doch eigentlich zufällig hierher gelangt auf der Suche nach einem Abendessen. Ist das jedoch eine Erklärung für meine Betroffenheit? Es ist keine, sage ich mir und schiebe mich selbst beiseite, um zuzuhören.

Jemand sagt: Eine andre Möglichkeit: nicht Erdbeben

verursachen den Einsturz, sondern menschliche Tätigkeit.
Alle sehen ihn unruhig gespannt an. Sie erinnern an Angeklagte, denen man wichtige Indizien vorlegt, deren Tragweite sie noch nicht ermessen.
Menschliche Tätigkeit, wiederholt der Sprecher. Hat man nicht zum Bau der neuen Straße Steine aus jener Gegend geholt, in der das Römerbad lag?
Die Leute atmen auf.
Einer sagt: Das geschah im Auftrag des Stadtbauamts.
Ein andrer sagt, hörbar unsicher: Das Stadtbauamt hat auch einmal einen Auftrag vergeben, nach den Spuren eines Bergwerks zu suchen, das sich hier unten befunden haben soll.
Dieses simple Wort entfacht wieder einen Sturm. Ich verstehe kein Wort mehr. Man schreit einander an. Es gibt offenbar zwei Gruppen, die sich befeinden. Der Älteste klopft, aber er wird nicht mehr gehört. Die Leute, würdige Ratsherren, gehen aufeinander los und bedrohen sich, und schließlich fallen sie übereinander her.
Einer, der mit der Rebellenstimme, springt auf den Tisch, lacht und deutet auf mich und ruft: Siehst du, siehst du, da raufen deine Ahnen mit, das war immer ihre Art, ihr Unrecht zu erkämpfen.
Plötzlich überkommt mich wieder ein Erinnerungsblitz: ich gehe an der Hand meines Großvaters einen Abhang hinunter. Ich fürchtete diesen Großvater, aber es war eine Ehre, daß er mich auf einer seiner geheimnis-

vollen Wanderungen mitnahm. Was suchte er da unten? Ein gefährlicher Abstieg zwischen altem Mauerwerk, das feucht und glitschig ist. Ich rutsche aus und gleite ein Stück abwärts. Was mich aufhält vor weiterem Absturz, ist eine Art Tür, behelfsmäßig zusammengenagelt und so morsch, daß bei meinem Aufprall zwei Bretter fallen und den Eingang zu einer Höhle freigeben. Mein Großvater ruft mir von oben etwas zu. Warnungen natürlich. Aber ich stelle mich taub. Höhlen haben mich immer fasziniert. Ich trete ein. Es ist ein dunkler Ort, aber die Wände glitzern silbern. Eine Zauberhöhle. Ich wage kaum, diese glitzernden Felsen zu berühren. Vielleicht taucht plötzlich ein Drachen auf, der die Höhle bewacht. Aber ich kann nicht widerstehen: auf jede Gefahr hin breche ich einige Stücke ab. Sie glänzen. Es ist gewiß Silber. Ich habe einen Schatz entdeckt. Ich werde hier graben und das Silber sammeln und reich werden. Ob all das Silber, das sich in unserm Haus befindet, von hier unten stammt, die silbernen Teekannen, Schalen, Figuren, und das Tafelsilber, das jeden Monat auf dem Küchentisch ausgebreitet und geputzt werden muß von den Küchenmädchen? Ich stecke die Silbersteine in die Tasche, soviele sie faßt. Zu wenig. Ich werde ein andermal zurückkommen mit einem Sack oder einem Korb. Das ist mein Geheimnis. Ich verlasse die Höhle und lehne die Bretter wieder vor den Eingang. Aber da steht nun mein Großvater und ist böse mir mir.

Habe ich etwas Unrechtes getan? Ich kann nichts dafür, daß ich ausgerutscht bin, oder?

Er sieht meine gefüllte Tasche. Was hast du da?
Ich will es nicht verraten, aber er besteht darauf, daß ich es ihm zeige. Ich sehe, wie seine Augen plötzlich glitzern. Sie glitzern wie die Steine. Aber er sagt gleichgültig: Katzensilber. Wertloses Zeug. Wirfs weg.
Ich betrüge ihn: ich tu so, als würfe ich einige meiner Steine weg. Er merkt meine List nicht.
Wir steigen wieder aufwärts. Für mich ist das leicht, der Großvater gleitet mehrmals aus.
Plötzlich bleibt er stehen und schaut mich ernst an.
Hör mal, Kleine: diese Sache bleibt Geheimnis zwischen uns. Niemand soll hier herunterkommen, verstehst du?
Nein. Warum?
Weil es gefährlich ist. Versprich mir, daß du schweigst!
Ja ja.
Am Abend zeige ich meiner Mutter die Steine. Sie schreit: Woher hast du das Zeug?
Das Zeug, sagt sie.
Katzensilber, sage ich.
Nein, sagt sie, das ist Silber. Schwarzerz mit Silber. Woher hast du es?
Das darf ich nicht sagen.
Wer hat es dir verboten?
Der Großvater.
Sie stößt einen Schrei aus, preßt aber gleich die Hand auf den Mund.
Mama, was ist denn?

Sie nimmt die Hand weg. Nichts Besonderes. Wirf das Zeug weg, es ist Teufelszeug.
Warum sagst du so? Ist all das Silber hier im Haus auch Teufelszeug?
Ja!
Dann wirf es weg. Wenn du es nicht wegwirfst, werfe ich meine Steine auch nicht weg.
Sie geht aus dem Zimmer, sie läßt mich stehen.
Am Abend höre ich ein Gespräch zwischen ihr und meinem Großvater. Es ist ein erregtes Gespräch, von dem ich wenig verstehe.
So fängst du wieder an! sagt meine Mutter. Hast du noch nicht genug?
Aber das Bergwerk gehört uns, rechtlich erworben das Gelände. Es ist ein Verbrechen, wenn man es verkommen läßt.
Aber es ist so alt. Es ist gefährlich. Hat es nicht genug Unheil gebracht?
Der Großvater läuft aus dem Zimmer. Er ist wütend.
Am nächsten Tag frage ich meine Mutter, was für Unheil das Bergwerk gebracht hat. Aber sie schaut mich nur schweigend an und läßt mich stehen.
Das Silberbergwerk, unser Familiengeheimnis, unheilvoll, und doch stammt von daher alles Schöne in unserem Haus. Wer versteht das?
Daß meine Mutter und ihr Vater böse aufeinander sind, weiß ich jetzt, aber ganz begreife ich das nicht. Mir gefiele es, wenn das Bergwerk wieder geöffnet würde. Ob ich es nicht auf eigene Faust könnte? Aber das Wort »Un-

heil« ängstigt mich. Ist vielleicht doch ein Drache da unten? Als ich ein nächstes Mal den Abstieg wage, finde ich das Tor nicht mehr. Ich verirre mich zwischen dem alten Gemäuer und bin schließlich froh, wieder nach Hause zu finden. Aber ich gebe den Plan nicht auf. Ich muß mich mit meinem Großvater verbünden. Er aber wird krank und stirbt. Mein Vater sagt: Gott sei Dank. Meine Mutter sagt: Jetzt bleibt uns wenigstens neues Unheil da unten erspart.

Damit ist die Sache, vorerst jedenfalls, erledigt. Vergessen ist sie nicht. Nein, o nein. Wenn ich groß bin, werde ich das Silberbergwerk wieder in Betrieb setzen, Unheil hin, Unheil her. Was einmal war, muß nicht wieder geschehen.

Und jetzt bin ich erwachsen und höre hier in einer mir fremden Stadt mir fremde Männer davon reden, daß die Stadt einen Auftrag vergab, nach dem aufgelassenen Silberbergwerk zu suchen. Soll ich jetzt aufspringen und rufen: Das stimmt nicht! Die Stadt konnte keinen Auftrag vergeben, denn das Bergwerk gehört nicht der Stadt, sondern meiner Familie, und wer da beginnen wollte mit dem Wieder-Ausbau, das war mein Großvater, aber er hat nie einen Stein da unten verrückt, und nie hat Menschenhand da unten etwas verändert! Aber stimmt das denn? Habe nicht ich als Kind . . . nein, das ist doch Unsinn; einige Steinbrocken herausbrechen, das bewirkt rein gar nichts. Oder doch? Hat mich der eine Sprecher deshalb so scharf angesehen? Aber er kann nichts wissen von jenem Geheimnis. Nein nein, das alles ist absurd.

Ich schweige, obwohl ich das Argument mit meinen Worten aus dem Weg räumen könnte.
Die Ratssitzung geht weiter und nimmt eine völlig unerwartete Wendung. Einer nämlich sagt: Durch Menschenhand verändert wurde nicht der Untergrund, sondern die Mauer selbst, und zwar vom Nordost-Turm aus. Ich frage euch alle: warum hat der Turmwächter vom Einsturz nichts gehört, angeblich, und warum ist er geflohen, er mitsamt dem Hilfswächter? Wer hatte außer den beiden Zutritt zum Turm? Die Jugend. Mit Erlaubnis der Stadt, ja, bis vor kurzem. Aber dann mußte das Verbot ausgesprochen werden.
Mußte?
Ich kenne die rebellische Stimme schon.
Jawohl, wird ihm geantwortet; Verbot aus baupolizeilichen Gründen: der Turm war schadhaft. Daß Einsturzgefahr war, hat sich ja jetzt erwiesen.
Der Rebellische erhebt ein Gelächter. Einsturzgefahr, die habt Ihr nicht gefürchtet, sondern Umsturzgefahr!
Das ist dasselbe, rufen andere. Was tat diese Jugend im Turm? Was denn? Sie diskutierten. Jawohl. Aber worüber, bitte?
Ich weiß, ruft der Rebellische, ich weiß es: sie diskutierten über die Möglichkeit, ohne Mauer zu leben.
Da haben wirs ja! Terroristen! Unsre Mauer abreißen!
Nein, ruft der Rebellische, so nicht. Sie wollten nicht die Mauer einreißen, sondern mit euch darüber reden, ob die Stadt diese ohnehin baufällige, störende Mauer überhaupt braucht.

Das Geschrei, das sich daraufhin erhebt, ist wüst. Die Stimmen überschlagen sich vor Zorn. Ich verstehe nur einzelne Sätze von Schreiern in meiner Nähe:
Was, unsre schöne Mauer abreißen, das Wahrzeichen unsrer Stadt, fünfhundert Jahre alt, von Generationen unsrer Vorväter erhalten, unser Schutz gegen Feinde, einzige Garantie unsrer Sicherheit.
Als der Älteste schließlich Ruhe geschaffen hat, hebt der Rebellische seine Hand und bittet um das Wort. Er sagt kühl und trocken: Kann jemand erklären, vor welchen Gefahren uns heute eine Mauer schützen kann, vielleicht vor schwedischen Landsknechtsheeren oder vor den Horden des Dschingis-Khan oder vor russischen Panzern oder gar etwa vor amerikanischen Bombern?
Ein andrer, dem das Wort gegeben wird, sagt: Mag sein, daß die Mauer faktisch nicht gegen äußere Feinde schützt, aber sie ist uns das Zeichen der inneren Einheit, die Garantie für unsre Treue zur Tradition, das heißt zur Ordnung. Daß die Mauer noch steht, ist unser gemeinsames Werk. Wir alle haben unser ganzes Leben daran gearbeitet, sie zu erhalten. Wir haben täglich daran gearbeitet.
Jawohl, und zwar unentgeltlich
Unaufgefordert
In jeder freien Stunde
Wir haben die Moospolster abgeschabt
Den Taubenmist abgekratzt
Die Holzbalken mit Wurmgift geimpft
Die Eisenspangen mit Rostschutz bestrichen

Die Mauer nach losen Steinen abgeklopft
Die Sprünge und Risse vergipst und vermörtelt
Die Dachziegel des Wehrgangs erneuert
Die Mauerwächter bezahlt aus unsern Taschen . . .

Ja, sagt der Rebellische, stimmt. Und warum, wenn Ihr das getan habt, konnte die Mauer dennoch einstürzen?

Weil, schreit einer, weil die Jugend die Arbeit sabotiert hat.

Der Rebellische sagt mit kalter Heiterkeit: Wie denn, bitte? Hat sie etwa Bomben geworfen, Minen gelegt oder was? Hätten wir derlei nicht gehört? Keiner hat auch nur ein einziges Geräusch gehört.

Kein Beweis, schreit einer. Beim heutigen Stand der ars bellica ist es durchaus möglich, daß die Jugend der Stadt die Hilfe auswärtiger technischer Experten hatte. Wer hört heute Revolverschüsse? Man schießt lautlos. Man kann lautlose Explosionen aus der Entfernung bewirken.

Er schaut triumphierend um sich und wartet auf Beifall, der endlich auch kommt. Einer der wenigen, die nicht klatschen, sagt schließlich: Müssen wir nicht eingestehen, daß wir nicht genug Wachsamkeit aufboten? War es richtig, daß wir die so wichtige Aufgabe einigen Wächtern überließen? Sind wir nicht selbst schuld, daß unsre Mauer einstürzte?

Betretenes Schweigen, aber nur kurz, dann erneutes Geschrei: Lüge! Verleumdung! Nestbeschmutzung!

Die Rufe gehen unter in Gegenrufen.

Bald herrscht wildes würdeloses Geschrei, und schon kommt es wieder zu Handgreiflichkeiten. Es ist beschämend, wie sich diese Ratsherren benehmen. Wie Gassenjungen. Der Rebellische ist wieder auf den Tisch gesprungen, schlägt sich auf die Schenkel und lacht. Er gleicht wirklich sehr meinem Onkel, Bruder meiner Mutter, der 1930 außer Landes gegangen ist und mit unsrer Familie gebrochen hat. Von ihm durfte nicht mehr gesprochen werden. Eine Mitschülerin, an die ich mich erinnerte, sagte damals: Das ist der einzige Anständige und Vernünftige eurer Sippe. Der hat das ganze Erbe dir hinterlassen.
Mir? Wieso mir?
Ich sag nur so. Jedenfalls hat er nichts mitgenommen und ist abgehauen, und dann wirst du um so mehr erben und verdammt reich und blind sein. Schade, denn der Mann fehlt euch, von dem hättest du was gelernt.
Einmal hab ich ein Foto von ihm gesehen: er glich mir.
Inzwischen ist die würdelose Rauferei der Ratsherren weitergegangen. Unbeachtet ist jemand die Treppe heruntergekommen, ein junger Mann, und bahnt sich seinen Weg durch die Raufer, er schiebt sie einfach beiseite, als seien sie Nebelschwaden. So dringt er leicht und rasch vor bis zum Ältesten. Er bringt ihm eine Botschaft. Der Älteste spricht eine Weile mit ihm, dann winkt er mich zu sich. Ich folge unsicher, ich habe sonderbarerweise Angst, oder vielmehr eine Art Ehrfurcht, die mir Unbehagen macht.

Ich stehe also vor ihm. Er schaut mich an. Dann legt er mir seine rechte Hand auf den Kopf, sagt aber kein Wort. Dann gibt er dem jungen Mann ein Zeichen, zu gehen und mich mitzunehmen. Der junge Mann zieht mich an der Hand durch die Raufer, die allmählich ermatten. Schon lassen viele die Köpfe hängen wie geprügelte Hunde. Sie wenden sich von mir ab. Sie schämen sich. Offenbar wird ihnen jetzt klar, daß ich Zeuge ihres schändlich unwürdigen Benehmens war.

Der junge Mann zieht mich, genauso wie es Herma getan hat, so rasch durch den Saal und die hohe Treppe hinauf, daß mir ist, als flögen wir. Ich frage versuchsweise: Bist du Herma oder ein Zwillingsbruder? Wer bist du?

Aber ich bekomme keine Antwort, er zieht mich weiter, auch noch, als wir schon auf dem Marktplatz angekommen sind, er zieht mich bis zu einer Haustür, öffnet sie, schiebt mich hinein und läßt mich allein. Aber ich bin nicht allein. Im Hintergrund des Raumes steht ein Tisch, an dem eine Person sitzt, eine Frau. Ich erschrecke: sie gleicht so sehr meiner verstorbenen Freundin, die eine berühmte Kartomantin war, aber sie gleicht auch der andern Freundin, die eine große Hellseherin war und schon viel länger tot ist. Sie glichen sich im Leben nicht, aber jetzt tun sie es auf eine Art, die mich verwirrt. Ich weiß nicht, wie ich die Frau anreden soll. Plötzlich habe ich beide Namen vergessen. Die Frau sieht meine Verwirrung und lächelt. Sie sagt mit der rauchigen Stimme meiner Freundin, der Kartomantin: Setz dich doch, setz

dich, keine Angst, misch die Karten, wie du es immer gemacht hast, so, und jetzt teil sie mit der linken Hand in drei Häufchen. Wie immer. Warum tust du so fremd? Ich bin es doch.
Ja, aber wie heißt du?
Sie lächelt. Sie legt die Karten nicht, wie sie es sonst getan hat, sie nimmt zwölf Karten heraus, bildet einen Fächer und sagt: Zieh eine Karte!
Es sind keine gewöhnlichen Karten, sondern sehr alte Tarot-Karten. Ich habe sie oft in Händen gehalten. Kein Zweifel: es sind jene, die ich so gut kenne. Die Karte, die ich ziehe, ist mir längst bekannt. Als ich sie vor Jahren das erstemal zog, meinte ich, der dargestellte Mann stehe auf dem Kopf. Ich drehte das Blatt, daß er auf den Füßen stehen mußte. Aber das eben tat er nicht. Er stand weder auf dem Kopf noch auf den Füßen, er hing, er war aufgehängt, und zwar mit einem Strick an einem Fuß, das andre Bein, ungefesselt, hatte er abgewinkelt. Stünde er auf dem Boden, so wäre dies die Stellung eines Tänzers. Aber der Mann war wirklich aufgehängt, und zwar an einem Balken, der in die Astgabelung zweier Bäume gelegt war. Die Äste der Bäume waren abgesägt, die Bäume waren kahl.
Der Hängende hatte die Arme auf dem Rücken gefesselt. Er war ein Gehenkter.
Genau diese Karte hatte ich mir jetzt gezogen.
Das ist ja eine heitere Voraussage: ich soll wohl gehenkt werden! Soll diese Karte eine Warnung sein?
Falsch, sagt meine Freundin, deren Namen ich nicht

mehr weiß, was mich ungemein bestürzt. Falsch. Es ist eine Auskunft über deine Lage.
Kopfunter und meiner Freiheit beraubt. Danke. Ich verlasse diese Stadt morgen früh auch ohne deine Warnung.
Wie voreilig du immer bist. Schau doch genau: der Mann ist kein Toter, kein Gehenkter, er lebt hängend, das heißt zwischen Himmel und Erde.
Aha: er sieht alles verkehrt herum. Oben ist unten, unten ist oben. Diese Lage nennt man Verrücktheit. Das ist offenbar meine Lage. Es war gewiß eine Verrücktheit, hierher zu kommen und mich einzulassen in eine Sache, die mich rein gar nichts angeht. Ich habe tatsächlich das Gefühl, keinen Boden mehr unter den Füßen zu haben. Ich will morgen früh zurückfahren. Schluß mit diesem Abenteuer, in das man mich hineinverführt hat. Hör mal, mir kommt der Verdacht, daß du es bist, die mich in diese Falle gelockt hat. Warst du die Anruferin am Telefon?
Hättest du nicht sofort meine Stimme erkannt? Nun also. Aber das ist nicht wichtig. Wichtig ist, daß du verstehst, wieso dieser Mann hängt. Hast du dich nicht schon an ein Turngerät gehängt und kopfunter die Welt angeschaut? Und war sie nicht plötzlich ganz anders? Dieser Mann hat, als er auf seinen Füßen stand, das, was man Wirklichkeit nennt, so gesehen, wie alle sie sehen. Jetzt sieht er sie anders. Jetzt sieht er die andre Wirklichkeit.
Muß man, um das zu erfahren, unbedingt gehängt wer-

den? Eine höchst unbequeme Art, Wirklichkeit zu sehen.
So ist es. Weißt du das nicht schon lang? Waren du und ich nicht schon immer Gehängte? Wurde uns nicht der Boden weggezogen immer dann, wenn wir meinten, auf festem Grund zu stehen? Haben wir Hängenden nicht immer die Welt anders gesehen als die andern, die auf dem Boden standen?
Dem Boden der Tatsachen, meinst du.
Dem Boden der Teilwahrheit. Aber jetzt zieh noch eine Karte. Sie wird dir sicher etwas über die Reise sagen.
Welche Reise? Meine Rückreise, meinst du.
Rückreisen gibt es nicht. Alle Reisen führen nach vorne. Jetzt zieh!
Ein Turm, dessen oberstes Stockwerk, eine Art Zinnenkrone, dabei ist, einzustürzen.
Höchst passend, sage ich.
Schau genau!
Am Fuß des Turmes macht ein Mann einen knäbisch übermütigen Handstand. Aber nein: er scheint vom Turm gestürzt und auf den Händen gelandet zu sein. Am Fuß des Turmes ein leeres Steinbecken mit einem offenbar toten großen Krebs. In der rechten oberen Ecke ist eine Wolke, die ein Menschengesicht hat, das aus vollen Backen bläst.
Ist das eine Information? Hat ein heftiger Wind die Stadtmauer zum Einsturz gebracht? Aber das ist unmöglich.
Es gibt verschiedene Arten von Stürmen.

Du meinst Revolten, Rebellionen, Revolutionen?
Zieh die dritte Karte!
Ein Skelett. Der Tod, der mit seiner Sense Gras abmäht und auch Hände und Köpfe, die aus der Erde ragen. Ich schleudre die Karte auf den Boden. Jetzt ist es mir genug: Aufgehängt, vom Turm gestürzt, vom Tod hingemäht: schöne Aussichten. Aber für wen? Für mich? Werde ich von dieser Reise nie mehr zurückkehren? Sag mir: wo bin ich? Wenn ich bei dir bin, dann heißt das doch, daß auch ich gestorben bin?
O nein. Du bist nur über die Grenze gekommen, du siehst die Wirklichkeit als Gehängte. Mach dir keine Sorge. Und was diese Karte angeht, die dich erschreckt: dieses Skelett ist Kalk. Materie. Und die Sense, was schneidet sie? Wieder nur Materie. Staub kehrt zu Staub zurück. Stell dir jetzt vor, das Skelett geht aus dem Bild hinaus. Es hinterläßt abgemähte Grasbüschel und Menschenknochen. Es hat weder die Graswurzeln noch die Menschen selbst erreicht. Dies ist keine Todeskarte, es ist die Karte der Reinigung und Wandlung.
Bin ich deshalb hier? Geht es um mich? Und was habe ich mit dieser Stadt zu tun und mit dem Mauereinsturz?
Was außen ist, ist innen. Was einen betrifft, betrifft alle. Du bist mit im Spiel.
Aber ich habe diese Stadt doch nie vorher gesehen?
Sie lächelt. Geh jetzt, sagt sie. Deine Reise hat schon begonnen.
Sie steht auf, und der Vorhang fällt. Ich will sie zurückrufen, aber wie kann man jemand rufen, dessen Namen

man nicht weiß? Hinter dem Vorhang ist niemand mehr.
So verlasse ich denn den Raum und das Haus.
Der Vollmond steht immer noch über demselben spitzen Giebel, wie aufgespießt. Er hat sich nicht bewegt in all diesen Stunden. Meine Uhr ist im Auto geblieben, ich weiß nicht, wie spät es ist. Es ist mir jetzt auch schon gleichgültig.
Der Michaelsbrunnen rauscht laut, viel lauter als vorher, aber das Rauschen ist nicht gleichmäßig, es kommt, es schweigt, kommt, schweigt. Der Brunnen pulsiert. In den kurzen Pausen der Stille höre ich etwas, das mich zuerst denken läßt, es seien Straßenkehrer bei der Arbeit. Ein streichendes, fegendes Geräusch. Aber es sind Schritte. Schritte von Leuten, die beim Gehen ihre Füße nicht heben. Leute, die zu müde sind, um zu gehen. Sie schleppen sich schleifend vorwärts. Ich sehe sie nicht, ich sehe nur ihre Schatten. Einer nach dem andern verschwindet, Haustüren schließen sich lautlos. Ich verstehe: es sind die Leute, die vom Mauerbau kommen, sie sind todmüde. Schließlich ist der Marktplatz leer, und nun ist das Rauschen des Brunnens überlaut. Ich sehe, der Strahl schießt höher, das Wasser fällt in stärkeren Kaskaden von Schale zu Schale. Ein launenhafter Wind springt auf und weht das Wasser versprühend bald nach der einen Seite, bald nach der andern. Ist der Tropfenschleier im Mondlicht, glitzert er silbern, ist er auf der Schattenseite, scheint er schwarz, ein Witwenschleier. Ich schaue dem Spiel eine Weile zu. Auf einmal höre ich

Musik, eine Flöte vielleicht, nein, keine Flöte, denn es sind Dreiklänge, bald deutlich zu hören, bald vom Wind verweht und vom Wasserrauschen überdeckt. Ich gehe näher und sehe den Musikanten, er sitzt auf dem Brunnenrand in der Schattenseite, selber eine Schattengestalt, bis der Wasserschleier nach der andern Seite weht und das Mondlicht auf ihn fällt. Das Instrument, dem er diese Zauberklänge entlockt, ist eine simple Mundharmonika, auf der jedes Kind blasen kann. Ich selber besaß so eine. Es versetzte mich in einen Rausch, hineinzublasen und dann den Atem wieder zurückzuholen. Ein aus, ein aus. Beim Hineinblasen der Akkord f–a–c, beim Zurückholen g–b–d. Aber was dieser Musikant aus dem simplen Einfall macht, wie er die einfachen Dreiklänge variiert, indem er einmal diese, einmal eine andre Note heraushebt, wie er zwischen pianissimo und forte spielt, was für eine komplizierte Rhythmik er beherrscht. Bisweilen mischt er seine eigene Stimme summend hinein, so daß er Vielstimmigkeit erzeugt, ich weiß nicht, wie er das zuwege bringt. Ich bin verzaubert. Was ich erst nach einer Weile bemerke: das Wasser des Brunnens gehorcht ihm, bläst er in sein Instrument, so strömt das Wasser, zieht er den Atem ein, stockt es.

Orpheus, denke ich, und dann sage ich es laut. Da bricht der Spieler ab, klopft die Speichelfeuchtigkeit aus dem Instrument, steckt es in die Tasche und lacht. Erkennen Sie mich denn nicht mehr? Ich bin der hüpfende Michael aus dem Hotel.

Ich sage: Du lügst, aber du lügst schlecht, und doch lügst

du schön, Orpheus. Du hast mich aus der Unterwelt geholt!
Er lacht noch lauter. Herausgeholt? sagt er. Und wenn es anders wäre?
Ich gebe diesem Wort nur das leichte Gewicht eines Scherzes.
Ich frage: Darf ich dein Instrument sehen?
Gern, sagt er und zeigt eine alte verbeulte blecherne Kinder-Mundharmonika.
Darf ich sie versuchen?
Nein, sagt er, das ist gefährlich für das Wasser.
Da er dabei lacht, scheint er zu scherzen.
Dann gleitet er vom Brunnenrand und nimmt sein Gehüpfe wieder auf, und jetzt streckt er die Hand nach mir aus, ich kann nicht widerstehen, so laufen wir hüpfend und springend um den Brunnen, einmal im hellen Mondschein, einmal im Schatten.
Er sagt: Wir spielen das Tag-und-Nacht-Wechselspiel; Oberwelt, Unterwelt, Eurydike!
Ich bin schließlich atemlos, er nicht.
Plötzlich leuchtet das Licht in der Laterne über dem Hoteleingang auf, und Michael saust davon. Ich folge ihm.
In der Halle sitzt der alte Pförtner und schreibt, und gleicht so sehr dem Ältesten im Rat, daß ich sicher bin, er ist es wirklich. Er nimmt keine besondere Notiz von mir, er holt nur den Schlüssel vom Bord und schreibt weiter. Ich sage »Gute Nacht«, aber er antwortet nicht. Michael ist verschwunden. Ich steige die Treppe hinauf und gehe

in mein Zimmer. Ich bin plötzlich bleischwer müde und will nichts als schlafen. Aber diese beiden Alten auf dem Doppelportrait schauen mich an. Wie denn? Erwartungsvoll, oder auch flehend, oder befehlend, jedenfalls: sie wollen etwas von mir. Aber was. Ich stelle mich vor das Bild und sage: Hört zu, ich brauche jetzt erst mal Ruhe, dann sehen wir weiter; wer Ihr seid, weiß ich nicht, aber ich behaupte nicht, daß ich es nicht wissen kann. Aber jetzt will ich schlafen. Habt Ihr gehört?
Ich ziehe mich aus, aber ich sehe, die beiden starren mich an.
Ich sage: Auch wenn Ihr vor mir hier wart, gibt euch das nicht das Recht, mich derart anzustarren. Im übrigen: wenn ich das Licht ausdrehe, seid Ihr nicht mehr da. Gute Nacht.
Unten auf dem Platz lacht jemand. Oder kommt das Lachen vom Bild? Ich habe das Gefühl, einer Obsession verfallen zu sein. Schluß damit. Licht aus. Ich schlafe ein. Aber ich wache wieder auf. Es ist der Mond, der mich weckt. Jetzt ist er gewandert und scheint gerade auf das Portrait. Die beiden schauen mich an. Ich sage: Könnt Ihr denn nicht schlafen und mich schlafen lassen? In diesem Augenblick fällt etwas von dem Bild herunter: es glänzt wie Silber, es sieht aus wie ein Silbertaler, aber es ist nur ein kleines rundes Stückchen Blech. Weiß Gott, woher es kommt, wohl vom Bildrahmen. Nachher träume ich davon, daß ich in einem Tal bin, das von Wasserfällen erfüllt ist, aber was da fällt, ist gar kein Wasser, es ist Silber, flüssiges Silber, es füllt das Tal aus, ich fürchte

zu ersticken, aber plötzlich stockt der Silberfluß, und ich sehe: was da herunterkam, sind nur Blechmünzen, sie klirren.
Was da klirrt, sind aber nicht die Münzen im Traum, es sind Blechkübel, es ist Morgen, noch sehr früh, und alles ist jetzt wirklich. Das Doppelportrait ist gar nicht mehr geheimnisvoll. Es ist alt und nachgedunkelt und mit Krakelüren überzogen, so daß die Gesichter, mit Falten und Fältchen bedeckt, über Nacht um vieles gealtert erscheinen. Ich sage:
Na, schön guten Morgen, Ihr Alten!
Sie starren mich streng an, und ich bilde mir ein, daß durch den Raum ein kalter Luftzug weht, der von dem Bild ausgeht. Nein, sage ich zu mir selber, heute falle ich nicht auf meine Phantasien herein, jetzt ists Morgen, und die Vernunft regiert, ich gehe frühstücken. Aber wo? Im Hotel ist keine Küche, das weiß ich. Gibts irgendwo eine Bar? Während ich durch die Halle gehe, kommt mir Michael entgegen. Er trägt, hüpfend, ein Tablett, aber er balanciert damit, als sei das eine Zirkusnummer. Sie gelingt ihm. Er setzt das Tablett auf ein Tischchen. Ein normales Hotelfrühstück. Ich weiß nicht, warum mich das wundert. Offenbar ist meine Morgenvernunft durchlässig. Während ich esse und trinke, steht Michael in der Nähe.
Schöner Tag heute, sagt er, und ich sage: Ja, die Sonne wird scheinen. Und er: Das ist wichtig, freilich ist auch der Mond wichtig. Ja, sage ich, der Mond und der Brunnen und Orpheus.

Er schaut mich völlig verständnislos an. Ich frage: Können Sie Mundharmonika spielen?
Er sagt harmlos: Als Kind habe ich gespielt. Das ist lang her.
Ich sage: Spielen Sie heute nacht wieder am Brunnen?
Er schaut mich unschuldsvoll an, aber mir scheint, er unterdrückt ein Lachen, und jetzt beginnt er wieder zu hüpfen, und im Hüpfen sagt er: Wenn Sie die Stadt anschauen wollen, brauchen Sie einen Führer.
Schon denke ich, er biete sich als Führer an, aber er sagt: Da vorn an der Ecke ist ein Papierladen, da gibts einen Führer.
Das klingt vernünftig, obwohl ich meine, daß diese Stadt zu klein und zu übersichtlich ist, als daß ein Führer nötig wäre. Aber wer weiß, welche kunsthistorischen Sehenswürdigkeiten hier versteckt sind, die ich leicht übersehen könnte ohne Führer. Übrigens: Papierladen. Davon sprach diese Herma auch. Ich werde sie dort finden, sagte sie. Ich will sie nicht finden.
Der Marktplatz ist noch leer, einige Augenblicke später belebt er sich auf sonderbare Weise: aus einer Gasse im Osten kommt eine Prozession von Leuten, die sichtlich erschöpft sind, sie schleppen sich mühsam vorwärts und können offenbar die Füße nicht mehr heben, sie gehen schleifend und schlurfend, mit gesenkten Köpfen und hängenden Armen. Sie tragen graue Arbeitskleidung und erinnern mich an einen Zug von Häftlingen eines Konzentrationslagers.
Aus der Gegenrichtung kommt ebenfalls eine Prozes-

sion, die der andern in Kleidung und Haltung gleicht, aber sichtlich nicht so ermüdet ist. Beide Züge gehen aufeinander zu. Als sie sich treffen, stockt die Bewegung, dann weichen sie aus und gehen Flanke an Flanke, jeder in seiner Richtung. Das Treffen hat etwas Rituelles, wie eine Wachablösung, aber andrerseits scheinen sie einander nicht sehen zu wollen, und sie vermeiden deutlich jede Berührung und jeden Blick. Mir gelingt es nicht, auch nur ein einziges Gesicht zu sehen. Eine Weile ist der Marktplatz überschwemmt von der grauen Flut und Gegenflut. Auf einmal werde ich gewahr, daß der Brunnen aufgehört hat zu rauschen, darum hört man nur mehr das schleifende Geräusch der Schritte. Endlich lösen sich Zug und Gegenzug, und jeder entfernt sich in seiner Richtung. Mir ist klar, daß der eine Zug von der Arbeit kommt, der andre zur Arbeit geht. Vermutlich ist der Arbeitsplatz die Mauer. Es wird also Tag und Nacht daran gearbeitet. Ich dachte, sie sei bereits geschlossen. Sprachen die Ratsherren nicht davon? Ich bin jetzt überzeugt, daß diese Leute Sträflinge sind und die Stadt ein Konzentrationslager ist.
Als die beiden Züge in verschiedener Richtung davon gegangen sind, beginnt der Brunnen wieder zu rauschen und zu plätschern. Der Platz ist menschenleer. Keine Tür, kein Fenster öffnet sich. Aber an einer Ecke ist der Papierladen, von dem Michael geredet hat, und da ist auch jemand. Ich bin nicht ganz sicher, ob es die Person vom Vortag ist, aber sie sieht ihr sehr ähnlich. Sie scheint mich zu erwarten. Sie grüßt mich freundlich und heiter.

Ich sage: Kann ich einen Stadtplan haben und einen Führer?
Einen Stadtplan, nein, den Plan dieser Stadt kann man nicht aufzeichnen, er hat zu viele Dimensionen.
Wie bitte?
Aber sie antwortet nicht darauf, sie sagt: Aber einen Führer gibt es.
Sie schnürt ihre Sandalen fester, hängt sich eine Tasche um und sagt munter: Also gehen wir.
Ein Mißverständnis. Ich will einen gedruckten Führer, ein Büchlein.
Es gibt kein Büchlein, in dem das steht, was du wissen willst.
Das du macht mich sicher, daß die Person niemand andrer als jene von gestern ist und sich Herma nannte, obwohl sie ein wenig anders aussieht, wie mir scheint.
Nun gut, sage ich, aber ich liebe es, in einer fremden Stadt alles selber zu entdecken. Ich habe mich in New York zurechtgefunden, in Tokio, in London, in La Paz, in Moskau.
Sie lächelt: Das alles ist kein Kunststück. Das sind Städte diesseits der Grenze.
Natürlich. Überall sind Städte diesseits und jenseits von Grenzen, weil überall Grenzen sind.
Diese Stadt ist jenseits der Grenze. Hier bist du ein fremder Gast. Hier bedarfst du der Führung. Ohne Führung gehst du in die Irre.
Aber ich bin eigensinnig. Ich habe noch nie an Führungen teilgenommen. Ich kann das wichtigtuerische Gere-

de von Stadt- und Museumsführern nicht leiden. Ich will allein gehen, und ich sage das.
So geh, sagt sie ruhig. Aber bedenke, daß du den Rückweg nicht finden kannst.
Das dürfte so schwer nicht sein. Die Sonne steht jetzt im Osten. Sie wandert nach Westen. Wenn ich in der Gegenrichtung zu ihrem Lauf gehe, muß ich wieder hierhergelangen.
Versuch es!
Sie tritt in den Laden zurück, und ich bin froh, allein gehen zu können. Was schaut man in einer fremden Stadt zuerst an? Die Kirchen. Einfach um irgendwo zu beginnen, und weil sie meist irgend etwas Sehenswertes enthalten.
In der Nacht hatte ich nahe am Marktplatz einen Kirchturm gesehen, romanisch, und auf dem First einen Dachreiter, gotisch. Wo ist diese Kirche jetzt? Ich habe sie doch nicht geträumt. Vermutlich habe ich die Entfernung falsch abgeschätzt. Ich gehe in Richtung Westen und komme in eine enge Gasse und von da in eine noch engere, die auf einem kleinen Platz endet, der keinen Ausgang hat. Ich kehre um und finde mich in einer ganz andern Gasse, obwohl ich doch in diejenige hätte kommen müssen, die mich hierher gebracht hat. Ich gehe weiter. Irgendwo müssen Leute sein, die mir den Weg zeigen können. Aber die Häuser scheinen unbewohnt, sogar unbewohnbar, die Mauern haben tiefe Risse, die Fenster sind blind, viele Scheiben zerschlagen, die Türen hängen schief in den Angeln. Das Kopfsteinpflaster ist

feucht und bemoost wie Waldboden. Hier herein scheint offenbar die Sonne nie. Ich muß mich aber an der Sonne orientieren. Ich sehe sie nicht. Ich gehe weiter. Irgendwo muß ich entweder an die Stadtmauer gelangen oder zum Marktplatz. Ich gehe und gehe. Ich habe jetzt leise Angst. Ich hätte Hermas Führung nicht abweisen sollen. Schließlich komme ich wieder zu einem kleinen Platz zwischen Häusern, die, wenngleich schlecht gehalten, doch bewohnt scheinen. Mir ist, als sehe ich hinter staubigen Butzenscheiben und Spitzenvorhängen Gesichter. Ich klopfe an eine Tür. Ich höre etwas huschen, es können aufgescheuchte Mäuse oder Katzen sein. Keine der Dutzend Türen öffnet sich. Aber irgendwo müssen jene Leute, die von der Arbeit heimkehrten, doch wohnen. Jedoch: wo? Ich kehre um, aber finde mich wieder in einer andern Gasse, die in eine andre mündet, und wieder gelange ich auf einen kleinen Platz zwischen hohen verlassenen Giebelhäusern. Ich beginne zu laufen. Ich denke: dies ist ein Labyrinth, und ich bin verloren. Ich schwitze, ich laufe, ich stolpere, und schließlich kann ich nicht mehr. Ich setze mich auf eine Steinstufe und bin ratlos. Wäre nur meine Freundin, die Kartenlegerin, da. Oder Michael. Oder diese Herma. Oder auch der Pförtner. Oder irgend jemand. Die Stadt ist doch nicht von all ihren Menschen verlassen. Irgendwer wohnt doch da. Ich rufe: Michael! Herma! Aber es kommt nur ein vielfaches Echo. Ich bin sicher, meine Freundin käme, wüßte ich nur den Namen, bei dem ich sie rufen könnte, aber er ist aus meinem Gedächtnis ausgelöscht.

Ich stehe auf und laufe schreiend weiter, umgeben vom Echo meiner Schreie. Ich sage mir: Das ist doch nur ein Alptraum, ich muß aufwachen, aufwachen! Aber der Traum bleibt. Schließlich bin ich vom Laufen und Schreien erschöpft. Ich setze mich auf einen leeren steinernen Brunnentrog und verwünsche laut diese Stadt, ihre Mauer, ihre Bewohner, meine blödsinnige Fahrt hierher, meine Ablehnung von Hermas Begleitung, und zuletzt breche ich in Tränen aus. Ich habe jahrelang nicht geweint. Jetzt weine ich, vor Zorn und Verlassenheit, und darüber schlafe ich ein.

Etwas weckt mich: ein Blick aus bernsteinfarbenen Augen. Ich begreife nicht sofort, daß es Hundeaugen sind. Ich erschrecke. Dieser Hund, ein großer Hund, ist gewiß ein Streuner, er wird mich anfallen, vielleicht ist er tollwütig. Ich bleibe wie gelähmt sitzen. Der Hund wedelt. Ein weißer Hirtenhund. Er wedelt weiter, dann bellt er und läuft in eine Seitengasse. Gleich darauf kommt er zurück, und mit ihm kommt Herma. Ich erwarte eine Strafpredigt oder doch die schadenfroh höhnische Bemerkung, es geschehe mir ganz recht, daß ich mich verirrt habe. Nichts dergleichen. Sie streichelt den Hund. Braver Hund, er hat deine Spur verfolgt und dich gefunden, er gehört Michael, aber Michael hat erlaubt, daß der Hund uns begleitet.

Ich sage: Führt er uns zurück ins Hotel?

Habe ich dir nicht gesagt, daß es keinen Rückzug gibt?

Keinen Rückweg, hast du gesagt.

Das bedeutet für dich dasselbe.

Wieso für mich?
Statt einer Antwort zieht sie aus ihrer Umhängetasche ein Stück Brot, eine Art Fladen. Iß! sagt sie, du hast Hunger.
Das stimmt. Ich esse und will auch dem Hund einen Brocken geben, aber er nimmt ihn nicht. Herma sagt: Der lebt nicht vom Brot.
Aber ich habe kein Fleisch.
Davon rede ich nicht. Iß du jetzt und trink, das Wasser aus diesem Brunnen ist gut. Vom Wasserwart persönlich überwacht.
Das Wasser fließt aus einer moosüberzogenen Holzröhre. Es ist frisch und gut.
So, sagt Herma, jetzt können wir gehen.
Wohin?
In die Unterstadt.
Aber ich will heim! Ich muß zurückfahren. Du kannst mich nicht hierbehalten wie eine Gefangene!
Gefangene kommen nicht freiwillig ins Gefängnis.
Bin ich etwa freiwillig gekommen? Man hat mich hierher gelockt. Du warst es! Und du bist es, die mich hier festhält.
Niemand hält dich fest als du selbst, denn du willst wissen.
Was will ich wissen?
Warum du hier bist.
Aber das ist eine absurde Erklärung. Da beißt sich ja die Katze in den eigenen Schwanz.
Ich könnte dir eine andre Erklärung geben: Du bist hier,

weil dich diese Stadt interessiert. Oder: Du bist hier, weil du herausfinden willst, was es mit diesem Mauer-Einsturz auf sich hat. Du bist aus purer Neugierde hier. Deine Neugierde geht so weit, daß du den Schlagbaum an der Grenze beseitigt hast und ins Niemandsland eingedrungen bist.
Die Grenze war doch schon offen, als ich ankam, und die Stadt war auch schon offene Stadt. Damit habe ich rein gar nichts zu tun.
So meinst du.
So meine ich.
Und jetzt beginnen wir unsre Wanderung, auf der alle deine Fragen sich beantworten.
Und wenn ich mich weigere, weiterzugehen?
Dann findest du nie mehr aus dieser Stadt und wirst einer ihrer unseligen Bürger.
Und du gibst mir die Garantie, daß ich aus dieser Stadt je wieder herauskomme?
Das hängt von dir ab. Ich bin sicher, du wirst diese Reise nicht bereuen.
Wenigstens das gibst du mir als Garantie. Nun gut, gehen wir.
Sie bindet sich die Sandalen fester und hängt ihre Tasche über die Schulter. Der weiße Hirtenhund macht sich auf den Weg, und wir folgen. Plötzlich scheint alles ganz einfach. Ich lasse mich in dieses Abenteuer ein. Sonderbarerweise habe ich Vertrauen zu dem weißen Hund. Er scheint den Weg zu kennen, er wird mich aus dieser Labyrinthstadt wieder hinausführen.

Der Weg beginnt zuerst fast unmerklich abwärts zu führen, aber schon nach kurzer Zeit sehe ich, daß der Himmel weit oben ist und daß wir in einer Häuserschlucht gehen, die sich noch mehr verengt und einer Felsschlucht im Gebirge immer ähnlicher wird. Auch der Pfad selbst verändert sich: er wird zu einer schmalen Steintreppe, deren Stufen tief ausgetreten sind. Hier müssen jahrhundertelang viele Menschen gegangen sein. Was haben sie hier unten getan? Allmählich wird mir bewußt, daß ich etwas höre, von dem ich zunächst nicht weiß, ob es der Verkehrslärm einer oberen Stadt ist (aber welcher denn) oder das Rauschen eines Baches. Die tief eingetretenen Stufen lassen vermuten, daß da unten ein Wasserlauf ist und daß die Leute der Oberstadt früher dort ihr Wasser holten. Wir werden, so denke ich, dieses Wasser finden, wenn wir am Fuß der Treppe angekommen sind.

Aber die Treppe endet plötzlich vor einer Mauer. Man sieht, daß hier einmal ein Tor gewesen war. Man hat es zugemauert. Aber warum? Weil man in der Stadt eine Wasserleitung gebaut hatte. Aber ist das ein hinreichender Grund?

Das Tor ist vor langer Zeit vermauert worden. Die Steine, heller als jene der alten Mauer, sind schon von Moos überwachsen. Hier unten ist es feucht. Der Wasserlauf muß nahe sein. Das Rauschen kommt aus der Tiefe der Erde.

Ist dieses vermauerte Tor das Ziel unsres Abstiegs? Nun, dann muß hier etwas Sehenswertes sein. Sind es die in

der Mauer rechts und links und oberhalb des vermauerten Tors eingelassenen Tafeln? Sie scheinen aus Marmor zu sein und sehr alt. Die Tafel oberhalb des Tores ist schwer beschädigt, aber nicht durch die Witterung, sondern durch menschliche Gewalttat: die Hälfte ist mit Hammer und Meißel zerstört worden. Der Rest läßt das Dargestellte erkennen und erraten: eine Waage, von der außer einem Teil des Balkens eine der Waagschalen erhalten ist, und zwar die schwerere, die tief nach unten hängt. Sie ist beladen mit grob behauenen Steinen.
Die Tafel rechts des Tores zeigt einen Sarkophag, in dem ein Mensch liegt, vielmehr dabei ist, aufzustehen; neben dem Sarkophag ein Engel, dessen Flügel nach vorne geklappt sind und so die Form einer Posaune bilden, in welche der Engel bläst. Der Sinn scheint mir klar: es geht um eine Auferweckung. Ich finde einen Zusammenhang mit dem Bild der Waage: der Tote im Sarkophag kehrt ins Leben zurück, um sich dem Gericht zu stellen. Will die Tafel links etwas dazu sagen? Ein einstürzender Turm, daneben ein reich belaubter Baum mit Früchten. Der einstürzende Turm: die eingestürzte Stadtmauer. Der Baum: ein Signal der Hoffnung? Vielleicht.
Ich erwarte, daß wir jetzt die Treppe wieder hinaufsteigen, denn hier geht der Weg nicht weiter. Aber Herma sagt: Öffne!
Was denn? Da ist nichts zu öffnen. Soll ich vielleicht die Mauer durchbrechen?
Ja, sagt sie ruhig.
Um ihr zu zeigen, daß sie Unsinniges und Unmögliches

von mir verlangt, schlage ich auf die Mauer. Sie gibt einen Ton, als hätte ich auf Erz geschlagen. Im nächsten Augenblick ist ein Durchlaß frei. Die Mauer ist zwar aus festen Steinen gebaut, aber die Steine sind nur lose aufeinandergelegt.

Siehst du, sagt Herma, gibt aber keine weitere Erklärung.

Der Hund ist als erster durchgeschlüpft, wir folgen. Wir befinden uns auf einem freien Platz.

Schon meine ich, es sei der Marktplatz der Oberstadt, denn er gleicht ihm. Auch hier ist in der Mitte ein Brunnen mit einer Figur, die einen Drachen ersticht, aber der Brunnen gibt kein Wasser. Es ist sehr still, und es ist dämmerig. Vielleicht schlafen die Bewohner. Vielleicht ist es hier Nacht oder sehr früher Morgen.

Herma klatscht dreimal in die Hände, es wird heller, und sofort kommen von allen Seiten Kinder gelaufen, wie Schüler in der Spielpause aus dem Schulhaus stürzen, sie kreisen uns ein und erklären unter Gelächter, wir seien ihre Gäste. Aus der Schar löst sich ein offensichtlich älteres Mädchen, befiehlt den anderen Schweigen, macht einen artigen Knicks und sagt etwas, das ein Gedicht zu sein scheint, aber ich verstehe die Sprache nicht. Herma versteht sie und antwortet in derselben Sprache.

Es ist Neu-Hermetisch, sagen die Kinder, Herma übersetzt: Wir haben es uns selbst beigebracht.

Aber plötzlich verstehe ich, was sie sagen. Mir scheint, ich habe diese Sprache einmal selbst gesprochen.

Ich antworte also in der Sprache, welche die Kinder Neu-Hermetisch nennen. Mir scheint sie eine Mischung aus vielerlei Sprachen zu sein.
Herma, leben nur Kinder in dieser Stadt?
Nur Kinder.
Woher kommen sie?
Jedes von einem andern Ort, aber sie erinnern sich nicht ihrer Herkunft. Sie meinen, sie waren schon immer hier und werden immer hier bleiben.
Sind auch Kinder der Oberstadt hier?
Nein. Sie kommen alle von weit her.
Ehe ich weiterfragen kann, ziehen mich die Kinder unter Gelächter mit sich.
Du mußt unsre Häuser anschauen.
Ich sehe keine.
Es sind Kinderhäuser. Wir haben sie selbst gebaut. Mach die Augen zu! So, und jetzt mach sie wieder auf!
Das, was sie Kinderhäuser nennen, sind Fassaden, auf Pappkarton gemalt.
Da wohnen wir.
Aber wie könnt Ihr in Häusern wohnen, die keine wirklichen Häuser sind und keine Zimmer haben?
Du bist aber dumm. Natürlich sind die Häuser wirklich, und natürlich haben sie wirkliche Zimmer. Schau doch!
Die Zimmer sind auf die Rückseite der Kartons gemalt.
Siehst du! sagt das große Mädchen.
Ja, aber . . .

Es schneidet mir das Wort ab, indem es mir ein Blatt Papier vor Augen hält, ein zerknittertes Blatt mit Eselsohren. Aufgemalt ist ein Haus wie die Kinderhäuser, sehr grün, mit schiefen Fenstern und roten Läden mit Herzen, eine kanariengelbe, viel zu große Tür, ein lila Dach aus Wellenlinien, ein schwarzer Schornstein mit himmelblauem Kräuselrauch. Die Fenster haben weiße, nach der Seite zurückgebundene Vorhänge, auf den Simsen stehen winzige braune Blumentöpfe mit roten Sternblumen, und aus einem Fenster schaut ein Kindergesicht mit zwei braunen Zöpfen.

Siehst du! sagt das Mädchen. Auch du hast in einem Kinderhaus gewohnt. Das Kind da bist du!

Ja, sage ich verwirrt.

Schade, daß du nicht hierhergezogen bist. Aber wenigstens bist du jetzt endlich zu Besuch gekommen. Es kommt fast nie Besuch.

Habt ihr keine Eltern?

Eltern? Was ist das?

Herma mischt sich ein: Das darfst du sie nicht fragen, sonst müssen sie sich erinnern. Laß sie in Frieden.

Das große Mädchen steht eine Weile still da, als denke es mühsam über meine Frage nach, aber dann schüttelt es den Kopf, und nicht nur den Kopf, es schüttelt sich, wie ein Hund die Nässe abschüttelt. Es läßt die Sache mit den Eltern auf sich beruhen.

Es sagt, schon wieder munter: Du bist unser Spielgast. Kannst du Himmel-Hölle-Hüpfen?

Ich erinnere mich.

Schon sind einige Kinder dabei, mit Kreide eine Figur aufs Pflaster zu zeichnen: ein großes Rechteck, geteilt in zwei Hälften, von denen jede unterteilt ist in drei Felder. Am obern und am untern Ende des Rechtecks angefügt ein halber Kreis.

Das ist die Hölle, sagt das Mädchen, und da oben ist der Himmel. Du mußt dieses Plättchen von hier aus in das erste Feld werfen und dann auf einem Bein dorthin hüpfen, dann mußt du den Stein aufheben, dabei immer auf einem Bein bleiben und wieder zurückhüpfen. Wer den Boden mit beiden Beinen berührt, hat verloren und muß den Platz einem andern überlassen.

Ja, ich erinnere mich. Ich habe das Spiel oft gespielt. Aber ich weiß nicht mehr, was ist, wenn man den Stein gleich ins Himmelfeld wirft.

Das ist verboten. Du mußt den Stein zuerst ins erste Feld werfen und zurückhüpfen, dann ins zweite Feld und zurückhüpfen, dann ins dritte, dann erst ins Himmelshaus.

Und dort?

Da darfst du dich auf beiden Füßen ausruhen.

Dann habe ich gewonnen.

O nein. Du mußt auf einem Bein zurückhüpfen und das Steinchen in die Felder der zweiten Hälfte des Spielfelds werfen, genau wie du es auf der ersten gemacht hast.

Und wenn ich alles fehlerfrei gemacht habe?

Dann freuen wir uns. Also, fang an!

Das Mädchen drückt mir etwas in die Hand. Es ist aber kein flaches Steinchen, es ist eine Silbermünze.

Aber, sage ich, das ist Geld! Spielt ihr mit Silbergeld, als wäre es ein Kieselstein?
Die Kinder schauen mich erstaunt an.
Herma sagt: Sie kennen kein Silbergeld, sie kennen überhaupt kein Geld. Wirf jetzt!
Ich werfe die Münze ins erste Feld und hüpfe nach und wieder zurück, dann ins zweite, ins dritte, und während ich so hüpfe, schießen mir zwei Bilder durch den Kopf: der hüpfende Michael aus der Oberstadt und die Tarot-Karte mit dem Gehängten. Dieser berührt den Boden gar nicht mehr, der andre ist, wenn er hüpft, für Augenblikke frei in der Luft. Aber indem ich mir dessen bewußt werde, verliere ich das Gleichgewicht und berühre die Grenzlinie des Himmelsfelds. Verloren.
Macht nichts, sagt das große Mädchen und wirft die Silbermünze achtlos in den Brunnen, der sich sofort mit Wasser füllt und einen silbrig schimmernden Strahl hochschießen läßt, auf dem die Münze tanzt wie ein Ball.
Die Kinder bilden einen Kreis und tanzen um den Brunnen. Das große Mädchen zieht auch mich in den Kreis. Warum es Herma nicht beachtet, weiß ich nicht. Sieht es sie nicht? Wo ist sie überhaupt? Irgendwo ist sie versteckt und macht Musik. Wer sonst spielt uns hier zum Tanz auf? Wer sonst spielt so gut Mundharmonika? Ist Michael heimlich mit uns gekommen? Ich sehe auch ihn nicht. Ich tanze, bis ich atemlos bin.
So, sagt das große Mädchen, jetzt darfst du unser Schatzhaus besichtigen.

Eine Pappkarton-Fassade. Das große Mädchen öffnet die aufgemalte Tür. Ich sehe im Innern einen Haufen glänzendes Metall: Silbermünzen.
Schön! sagt das große Mädchen.
Aber Kinder, woher habt ihr all das Silbergeld?
Die Kinder schauen mich erstaunt an. Das große Mädchen sagt: Einiges haben wir gefunden, dort im Brunnen, das andre machen wir selber. Willst du lernen, wie mans macht?
Einige Kinder schneiden runde Scheiben aus Pappe und halten sie ins Brunnenbecken. Ich erwarte, daß die Pappe sich auflöst oder doch aufweicht. Aber ganz im Gegenteil: das Papier überzieht sich mit einem hellen Schimmer, die Pappe wird fest wie Metall. Silber! Wenn die Kinder sie auf den Haufen in ihrem Schatzhaus werfen, klirren sie.
Kleine Magier, sage ich, wo habt ihr das gelernt?
Das erfinden wir alles selber.
Und was tut ihr mit diesen Münzen?
Muß man was tun damit?
Man muß nicht. Aber in der Oberstadt kann man mit Silbermünzen einkaufen.
Was denn?
Alles, was man will.
Eins der Kinder sagt: Auch den Mond?
Nein, den nicht.
So hast du gelogen. Du sagst, man kann alles kaufen, aber du sagst auch, den Mond kann man nicht kaufen.
Nun ja, sage ich, daran habe ich nicht gedacht. Ich habe

an andre Dinge gedacht, an Äpfel, Schokolade, Gummibälle, Fahrräder, Autos, Flugzeuge.
Die Kinder hören interessiert zu. Dann sagt eines: Und Regenwolken?
Nein, die nicht.
Und die Sonne?
Auch nicht.
Und Kinder?
N... nein. Aber Häuser.
Die kaufen wir nicht, die machen wir uns selber.
Und die Sonne? frage ich.
Die malen wir auf.
Und Äpfel?
Die malen wir auch.
Aber Äpfel aus Papier kann man nicht essen. Was eßt ihr eigentlich?
Die Kinder schauen sich verblüfft an. Offenbar wissen sie nicht, was »essen« bedeutet. Ich zeige es ihnen mit Gebärden. Sie lachen sich tot. Das große Mädchen begreift irgendwie, es sagt: Wir zeichnen, was wir möchten, dann schauen wir es an. Meinst du das mit essen?
Ich sehe ein, daß wir uns darüber nicht verständigen können, ich sage also kurzweg und einfach: Ja.
Das Mädchen denkt nach, dann sagt es geduldig: Du bist nicht aus unsrer Stadt, darum kannst du uns nicht verstehen. Aber das macht nichts. Vielleicht möchtest du aber etwas einkaufen in unserm Warenhaus? Ja? Dann nimm dir etwas aus dem Schatzhaus, halte es an deine

Stirn und denke dir was, dann kannst du es im Warenhaus abholen.
Aha, sage ich, aber es klingt so wenig überzeugt, daß das große Mädchen in Lachen ausbricht. Es sagt: Woher kommst denn du, daß du das alles nicht weißt?
Ich komme aus der Oberstadt.
Aha, sagt jetzt das Mädchen, und irgendeine ungenaue und unerfreuliche Erinnerung scheint in ihr aufzusteigen, aber sie wischt sie weg.
Komm, sagt sie, gehen wir ins Warenhaus. Was möchtest du? Nein, nicht sagen, nur denken!
Im nächsten Augenblick habe ich den Geschmack eines reifen Apfels im Mund. Die Kinder schauen mir neugierig zu.
Gut! sage ich. Der Apfel ist wirklich gut.
Du hast dir einen schönen roten ausgedacht, sagt das Mädchen.
Stimmt, sage ich. Wie weißt du das?
So etwas weiß man eben.
Geht das bei euch immer so, daß ihr euch etwas ausdenkt, und dann bekommt ihr es?
Ja, aber wir denken uns nur Sachen aus, von denen wir wissen, daß wir sie bekommen.
Wie vernünftig, sage ich; wenn nur alle Leute so vernünftig wären wie ihr. Aber woher wißt ihr, was ihr bekommen könnt und was nicht?
Das wissen wir eben.
Das große Mädchen denkt wieder nach, dann sagt es: Wir leben nämlich in der glücklichen Stadt.

So weißt du, daß es eine unglückliche Stadt gibt?
Herma legt mir die Hand auf den Arm und sagt: Du überforderst sie. Man darf sie nicht erinnern.
Das große Mädchen hat aufmerksam, ja angestrengt zugehört. Es faßt einen Entschluß. Es klatscht in die Hände und ruft: Es wird Zeit zur Abfahrt!
An einem der Kinderhäuser öffnet sich ein Tor, und heraus kommt eine winzige Kutsche, eine Spielzeugkutsche. Angespannt sind sechs Pferdchen. Jähe Erinnerung: so ein Spielzeug schenkte mir einmal mein Onkel, jener Verschollene. Es war aus Silber, sehr zierlich gearbeitet. Es ging mir später verloren wie so vieles. Jetzt ist die Kutsche wieder da, aber sie ist nicht mehr so klein, vielmehr sie bleibt nicht klein, sie wächst ungemein rasch, so daß sie in der Größe für die Kinder paßt, so meine ich, es kann aber auch sein, daß die Kinder so winzig werden, daß sie für die Kutsche passen, jedenfalls springen die Kinder auf das Gefährt, das große Mädchen setzt sich auf den Kutschbock, die Pferde haben jetzt Pony-Größe, sie schütteln ihre Mähnen, es klingt wie silberne Schellen, die Kinder lachen und winken, das Gefährt rollt davon, aber bald hebt es sich vom Boden, die Pferde haben Flügel. Dann kommt Wind auf aus der Richtung, in der die Kinder dahinfliegen, es ist der Fahrwind, der Flugwind vielmehr, er wirbelt über den Platz, die Kinderhäuser fallen zusammen, der Wind fegt sie hinweg. Von sehr weit her höre ich das Lachen der Kinder.
Der Platz ist leer.

Herma, das war ein reizender Traum.
Sie antwortet nicht.
In diesem Augenblick kommt ein Windstoß aus der Richtung des davongeflogenen Gefährts und wirbelt etwas vor sich her und mir vor die Füße. Ich bücke mich: es sind Silbertaler aus dem Schatzhaus. Aber sie zerfallen mir zwischen den Fingern. Staub. Immerhin Silberstaub. Ich möchte gerne etwas davon behalten. Das wäre ein Beweis dafür, daß ich nicht geträumt habe. Aber der Silberstaub löst sich auf. Nichts davon bleibt.
Ich sage ärgerlich: Das gibt es nicht, daß etwas spurlos verschwindet.
Du hast recht, sagt Herma.
Nun also: wo ist der Silberstaub?
In deinem Traum. Du wirst ihn wiederfinden.
Ich möchte den Kindern folgen. Komm, laß uns sie suchen gehen. Ich bin sicher, daß sie anderswo ihre Stadt wieder aufbauen. Oder sie kommen bald wieder hierher zurück. Vielleicht sollten wir hier warten.
Nein, zurück kommen sie nicht. Sie haben ihre Stadt mit sich genommen.
Sag mir: warum nennt das Mädchen die Stadt »die glückliche«?
Weil sie glücklich ist.
Aber warum?
Weil sie Silber für Spielgeld nehmen. Sie kennen keinen Besitz.
Aber sie haben Häuser, sie haben sogar ein Schatzhaus, sie haben eine Kutsche mit Pferden.

Sie haben das alles in ihren Träumen.
Was für Kinder aber sind das?
Ungeborene.
Darum also sind sie glücklich, meinst du? Was für eine finstere Ansicht vom Leben.
Nicht weil sie ungeboren sind, können sie glücklich sein, sondern weil sie als Ungeborene weder Geld noch Besitz kennen. Sie sind die Schuldlosen.
Ja, aber sind sie die ungeborenen Kinder von Bürgern der Oberstadt?
Hör auf zu fragen. Wir müssen fort. Schon kommt der Novembersturm auf, und der Platz wird bald unter Wasser stehen. Wenn der Wasserwart aufwacht, gibts Überschwemmung.
Der Wasserwart? Wovon redest du?
Vom Zeitwart. Komm jetzt!
Schon quillt der Brunnen über, und ein kalter Wind peitscht das Wasser über den Platz. Herma zieht mich vorwärts, mir scheint, wir fliegen, ich sehe mit Entsetzen, daß wir auf eine hohe Mauer zutreiben. Aber ehe wir an ihr zerschmettert werden, legt sich der Sturm.
Herma, das ist kein Spiel!
Nein, das ist keins. So geht es, wenn man einen Ort nicht verlassen will, obwohl die Zeit abgelaufen ist.
Die Mauer, vor der uns der Sturm abgesetzt hat, zeigt einen vermauerten Torbogen, der jenem gleicht, den ich auf Hermas Befehl mit einem leichten Schlag geöffnet hatte. Ich versuche es hier wieder, aber vergeblich. Mein Schlag auf das Gemäuer weckt einen seltsamen metal-

lischen Ton, der sich in Wellen durch die Steine fortpflanzt. Herma weist mit dem Zeigefinger auf einen Spalt am Fuß des vermauerten Tors. Da durch? Das ist zu schmal.
Solche Pforten sind immer schmal. Schau, was der Hund kann, kannst du auch.
Tatsächlich: der Hund hat das Tor schon passiert, und es schien ihm leicht, durch die schmale Öffnung zu kriechen. Aber ich? Das ist doch eine Zumutung, daß ich da im Staub kriechen soll, Herma! Ich will nicht.
Herma schaut mich streng an. Wer bist du, daß du dich nicht klein machen willst? Oder bist du zu schwerfällig, um hier durchkriechen zu können?
Sie packt mich bei meinem Ehrgeiz, obwohl sie mich zugleich demütigt. Aber ich zeige ihr, daß ich kann, was ich können soll: ich krieche durch die Öffnung, Herma erwartet mich bereits.
Du bist wohl oben drüber geflogen, sage ich ärgerlich, aber sie wischt mir geduldig den Staub von den Schultern.
So, sagt sie, und jetzt sind wir in der zweiten Unterstadt.
Stadt, sagst du? Da ist keine Stadt.
Die Bewohner nennen den Ort so.
Ich sehe nichts als ein flaches ödes Land, eine Steppe, die mich an die sibirische erinnert. In dieser Öde stehen hier und dort ein paar Häuser, sehr weit voneinander entfernt. Von einer Stadt kann da keine Rede sein, das ist nicht einmal ein Dorf, nicht einmal eine Art Siedlung,

das sind Einödhöfe. Aber bäuerliche Höfe sind das nicht. Das sind, völlig unpassend hier, städtische Häuser. Vorstadtvillen aus reichen bürgerlichen Bauzeiten, Villen mit Erkern und Türmchen samt Wetterfähnchen, mit Balkonen und Glasveranden und Vorgärtchen, in denen auf Stäben Glaskugeln stecken, die einmal bunt waren, jetzt aber abgeblättert und grau sind. Die Stäbe halten auch keine Rosenstöcke mehr, es gibt keine Rosen, es gibt überhaupt keine Pflanzen, auch keine verdorrten, auch keine verwilderten, alles ist nackt und schrecklich ordentlich. Soviel ich sehen kann, gleicht ein Haus dem andern, ein Vorgarten dem andern. Die Wetterfähnchen sind alle nach derselben Richtung gedreht, aber es weht kein Wind. Von einem Haus zum andern ist es so weit, daß, riefe man einen Nachbarn, er es nicht hören könnte. Wohnen überhaupt Leute hier?

Plötzlich ein Raubvogelschrei und noch einer, zwei sehr große dunkle Vögel kreisen über die Steppe und verschwinden wieder. Gleich darauf sehe ich in der Ferne eine Staubwolke, und in der Wolke eine Herde von Wildeseln. Ich sehe sie, aber ich höre sie nicht. Sie kommen lautlos, rasen vorbei und verschwinden lautlos.

Aber jetzt öffnen sich mit einem Schlag alle Haustüren, und graue Gestalten stürzen heraus. Sie tragen Eimer und Körbe und sammeln etwas auf, dort, wo die Wildesel durchgezogen sind.

Was sammeln die denn, Herma?

Eselskot!

Ich erinnere mich, wie wir im Krieg jeden Pferdeapfel

gesammelt haben: guten Dünger für unsre Gärten. Aber diese Leute hier haben ja keine Pflanzen, wozu der Dünger? Jetzt aber sehe ich: sie haben keine Schaufeln, sie heben den Kot mit bloßen Händen auf und legen ihn so vorsichtig in ihre Eimer und Körbe, als sei es eine Kostbarkeit. Da die Wildesel in breiter Front in der Mitte zwischen den Häusern durchgezogen sind, treffen die Kotsammler schließlich zusammen, und an mehreren Stellen kommt es zu Streit und zu Handgreiflichkeiten. Der Kampf geht lautlos vor sich. Schließlich erscheinen wieder die beiden großen Vögel, und ihr Schrei treibt die Leute auseinander.
Einer von den Leuten hat uns gesehen, er läuft auf uns zu, alle laufen ihm nach, staubwirbelnd wie die Wildesel, es kommen immer mehr und mehr, so viele können nicht in den Villen wohnen, es müssen weit weg noch mehr Häuser sein, also doch wohl eine Art Stadt, deren Häuser weithin verstreut in der Steppe liegen.
Wie sie so anstürmen, machen sie mir angst. Sie schreien Unverständliches, sie fuchteln mit Armen und Händen, sie wollen etwas von uns, sie fordern etwas.
Jetzt höre ich, was sie untereinander schreien: Sie kommt von droben! Sie bringt es uns mit! Sie muß es abliefern!
Herma, um Gottes willen, wovon reden die denn?
Sie meinen, du bringst ihnen ihr Geld.
Was für Geld?
Das Geld aus ihren Banken in der Oberstadt. Sie sind schon lange tot, aber das wissen sie nicht, und immer

wenn einer der Ihren stirbt und hier herunterkommt, erwarten sie, daß er ihr Geld mitbringt.
Aber ich bin keine der Ihren! Warum schaust du mich so sonderbar an? Ich bin doch nicht tot!
Nein, du bist nicht tot. Aber du bist eine der Ihren.
Ich? Was habe ich mit denen zu tun?
Das wirst du erfahren.
Jetzt ist der vorderste so nahe gekommen, daß wir uns ins Gesicht schauen können.
Jawohl, ruft er den andern zu, sie ist es! Ich bin noch nicht so lange hier, daß ich mein Gedächtnis verloren hätte. Sie ist meine Ur-Enkelin! Sie bringt es mir! Wozu wäre sie sonst hier? Gib es her, Mädchen, gib es her, augenblicklich!
Herma flüstert mir zu: Laß ihn! Er ist ungefährlich, er ist nur ein Schatten. Aber der Schatten hat eine unangenehme Art von Wirklichkeit: er faßt mich an, er sucht mich ab, er fingert an meinem Kleid herum, er greift in meine Tasche, seine Hände sind flink und fühlen sich an wie huschende Ratten und riechen nach Eselskot, mir graut, aber ich halte stand, bis er von selbst abläßt.
Nichts, sagt er, wieder einmal nichts. Und in meiner Bank liegen Goldbarren und Wertpapiere. Millionen liegen dort. Das gesamte Familienvermögen.
Herma sagt laut: Gestohlenes Gut! Wucherzinsen!
Der Alte schaut dorthin, woher die Stimme kommt, aber er kann offenbar Herma nicht sehen. Er läßt sich nicht einschüchtern: Gestohlen? Wucher? Arbeit,

Arbeit, unablässige Arbeit. Und Klugheit. Und für wen all meine Arbeit? Für die da!

Er zeigt auf mich. Und sie behält alles! Das ist Diebstahl, das ist Raub!

Herma, unsichtbar für ihn, sagt: Armer Alter! Dein Vermögen ist längst von Bankkrach und Inflation aufgezehrt. Nichts mehr ist da. Nichts!

Nichts mehr da? Du lügst!

Er will sich auf mich stürzen, aber da überziehen sich seine Augen mit einer weißen Gallertschicht, sie werden zu Entenaugen, seine Nase zu einem Schnabel, und er kann nicht mehr reden, er klappt den Schnabel auf und zu, er krächzt.

Der weiße Hund fängt an zu bellen und treibt die Leute in die Flucht. Einige Augenblicke später erhebt sich ein wirbelnder Sturm dort, wo die Villen sind, und ein Vorhang aus Sand schließt die Steppe gegen uns ab.

Gehen wir, bitte, sage ich, aber Herma sagt: Warte!

Wie im Theater hebt sich der Sandvorhang, und nahe vor uns steht eine der Vorstadtvillen, die weitab in der Steppe lagen. Das Haus kommt mir bekannt vor. Diese breite Vortreppe mit den geschwungenen Geländern aus Messing, die Terrasse mit den Steinvasen und steinernen Blumenkörben, der Eingang mit den beiden großen Porzellanhunden, chinesisch: woher kenne ich das alles? Die Tür steht offen. Ich sehe die große Halle mit den Palmen, mit dem Marmortisch, mit der Rosenquarzschale für Visitenkarten, den riesigen Kristall-Lüster, die Sofas und Sessel mit weinroten Plüschbezügen, das glänzend polierte Parkett, alles zeigt Wohlhabenheit und behagliche Sicherheit. Nur etwas stört: ein unangenehmer Geruch, ein Kellergeruch, der Geruch nach etwas, das im Keller verfault: Weißkraut oder Kartoffeln oder auch tote Mäuse.

Herma, sage ich, gehen wir. Herma ist nicht mit eingetreten, ich sehe weder sie noch den weißen Hund. Aber ich bin plötzlich nicht mehr allein: ein schwarzer Plüschvorhang öffnet sich, und ein altes Paar erscheint und bleibt eine Weile regungslos stehen, so daß ich zunächst glaube, der Vorhang habe ein Portrait freigegeben, und dieses Portrait sei jenes vom Hotel Michaelshof in der Oberstadt, aber ich bin nicht sicher, und mir scheint, meine Erinnerung an die Oberstadt verblasse. Die beiden schauen mich starr an, genau wie jene auf dem Bild.

Was wollen Sie von mir? frage ich und bin nicht sicher, ob ein Portrait antworten kann. Aber diese beiden können reden. Sie antworten. Sie sagen: Dich!

Was heißt das?

Wir wollen dich.

Mich?

Du gehörst uns. Du gehörst zu unsrer Familie. Wo treibst du dich herum, statt heimzukommen? Geh jetzt sofort in dein Schlafzimmer und schlaf dich aus. Du bist ungeheuer müde. Wenn du aufwachst, weißt du, wer du bist und wer wir zu dir sind.

Ich sage aufsässig: Wer ich bin, weiß ich. Wer ihr seid, ist mir gleichgültig. Ich gehe.

Aber du bist ja so müde, du kannst gar nicht weitergehen. Schlaf dich aus!
Ich bin tatsächlich todmüde. Meine Augen trüben sich ein, meine Knie werden weich, ich fühle das Bedürfnis zu schlafen, auf der Stelle einzuschlafen.
Aber vor dem Haus bellt der Hund. Er bellt laut und heftig. Er stört mein Schlafbedürfnis, er macht mich hellwach.
Nein, sage ich, hier werde ich weder schlafen noch bleiben. Ihr seid mir Fremde und Feinde.
Die beiden tauschen Blicke, aber es sind keine bösen, sondern traurige. Die alte Frau sagt: Sie kennt uns nicht mehr, die Kleine, und war doch unser Liebling.
Ja, sagt der Alte, und für sie haben wir gearbeitet und gespart. Für sie haben wir das Haus gebaut. Sie sollte es erben.
Sie wird es erben, sagt die alte Frau, wenn sie hierbleibt. Reich wird sie sein und in großem Behagen leben, alle Wünsche sind ihr erfüllt, ehe sie sie ausspricht.
Der Mann sagt zu mir: Denk dir etwas, und es wird sein.
Ich weiß nicht, ob ich wirklich an Silber gedacht habe, aber im nächsten Augenblick sind alle Geräte aus Silber, genau gesagt: alles glänzt wie frisch poliertes Silber. Es sieht sehr schön aus, und da ich Schönes liebe, scheint es mir für eine Sekunde möglich oder wünschenswert, in dieser Schönheit zu leben. Auch sind mir die beiden Alten nicht unsympathisch, und sie scheinen mir jetzt auch durchaus der Wirklichkeit zugehörend.

Schön! sage ich.

Nicht wahr? Die beiden sind entzückt, aber es ist etwas in ihrer Stimme, das mich stört: etwas Triumphierendes.

Draußen bellt wieder der Hund.

Ich sage: Ich muß gehen, ich werde erwartet. Aber erlaubt mir eine Frage: Woher habt ihr all das Silber und diese Kostbarkeiten und das Haus?

Oh, das haben wir alles erarbeitet. Rechtmäßig. Das meiste freilich haben wir geerbt.

Von wem?

Von unsern Eltern.

Und woher hatten die es?

Von ihren Eltern.

Und die?

Es ist uralter Familienbesitz.

Woher stammt er?

Kleine ungezogene Fragerin! Was gehts dich an? Du bist die nächste Erbin, und hast du einmal den Besitz in Händen, fragst du nicht mehr danach, woher er stammt.

So meint ihr.

So ist es.

Ihr täuscht euch. Ich frage. Im übrigen trete ich das Erbe gar nicht an. Es ist Diebesgut, Raubgut.

Lüge, schreien die beiden und sind zum Äußersten aufgebracht. Lüge! In unsrer Ahnenreihe sind nur Gerechte! An unserm Reichtum klebt kein Blut.

Richtig, sage ich, ihr habt andre Methoden angewandt. Behaltet euren Staub. Ich will ihn nicht. Euer Reichtum ist nichts als Eselsdreck! Ich gehe.

Als ich die Schwelle überschritten habe, bricht hinter mir das Haus lautlos zusammen, die Alten sind verschwunden, zwei große Vögel fliegen davon.
Es ist wie im Märchen: die Vögel waren verzauberte Menschen. Habe ich sie erlöst, indem ich die Ahnenkette, die Reichtumskette, durchbrach?
Herma, sind das wirklich meine Ahnen?
Jede Ahnenreihe geht auf einen Räuber und Mörder zurück. Aber komm jetzt. Sie könnten zurückkehren. Sie haben eine gewisse Macht. Sie lauern auf ein Opfer. Auf dich haben sie lang gewartet. So einen Fang geben sie nicht leicht aus den Händen. Komm, komm!
In der Tat: hoch über uns schweben die beiden Raubvögel, und bald sind es vier, acht, dreißig und mehr, sie bilden eine schwarze Wolke, aus der etwas wie Hagel fällt: es sind Silber- und Goldstücke.
Laß, laß! ruft Herma und zieht mich vorwärts. Schau nicht um!
Der Gold- und Silberhagel ist Täuschung. Was da fällt, wird zu Dreck, wenn es die Erde berührt.
Herma, ich bin jetzt sehr müde. Ich wäre so gern in jenem Haus eingeschlafen.
Dort sind schon viele eingeschlafen und nie mehr erwacht. Gehen wir noch eine Weile. Schau, dort ist das Törchen zur dritten Unterstadt. Es steht offen, man hat uns schon gesehen, man erwartet uns. Komm, komm!
Der Weg führt nur wenig abwärts und ist leicht zu begehen. Jenseits des Tores liegt wieder eine Ebene, aber es ist

keine Steppe, sondern eine Sandwüste unter einem Himmel, der keiner ist, sondern eine bleigraue Decke, jedoch nicht aus Wolken, sondern aus einem festen Stoff wie ein unabsehbar weit hingespanntes Zeltdach. Bisweilen taucht in der Ferne irgend etwas auf, ein Turm, ein Baum, eine Brücke, doch erweist es sich als Fata Morgana und löst sich auf. Darum halte ich das, was ich jetzt vor mir sehe, ebenfalls für eine Luftspiegelung. Wie käme denn Venedig hierher in die Sandwüste? Ich sehe aber deutlich den Markusdom und die Insel San Giorgio und den Rialto, und sogar die Säule mit dem Flügellöwen ist da. Ich erwarte, daß sich das Zauberbild auflöse, aber es hält stand, nur zeigt sich schließlich, daß es Venedig nicht ist, sondern eine Stadt, die an Venedig erinnert. Sie hat, wie Venedig, keine Straßen, und von einer Seite zur andern spannen sich Brücken und Brückchen, und darunter sind, an Pfählen, Gondeln befestigt. Aber Wasser ist keines da. Dieses Venedig ist nicht in Wasser gebaut, sondern in tiefem Sand. Vermutlich aber war einmal Wasser da, wozu sonst die Gondeln?

Die Stadt hat auch einen Hafen, oder vielmehr einen Platz, welcher einst der Hafen war: vertäute Frachtkähne mit dem Kiel tief im Schwemmsand und weiter draußen ein ziemlich großes Schiff von altertümlicher Bauart. Die Frachtkähne sind mit Säcken und Kisten hoch beladen. Kein Schiffer ist zu sehen. Hier muß sich eine Katastrophe ereignet haben, bei der die Menschen Hals über Kopf flohen.

Die Stadt muß vordem reich gewesen sein; die Gondeln

haben Silberbeschläge, die Häuser sind Palazzi wie in Venedig, und die Kuppel der Kirche, die an jene von San Marco erinnert, zeigt an einigen Stellen, daß das Dach mit Kupfer und Silber gedeckt ist. Alles Metall ist dunkel oxydiert, und da auch das Mauerwerk vom Alter geschwärzt ist, erscheint die Stadt schwarz über dem graugelben Sand. Wohnt denn kein Mensch mehr hier? Und was ist in den Säcken und Kisten auf den Frachtkähnen? Wohin sollte es gebracht werden? Wem gehört diese Fracht? Gehört sie überhaupt jemand, wenn niemand mehr hier lebt?

Herma, ich will auf den Frachter steigen. Kommst du mit?

Kaum habe ich den Eisenpflock berührt, an dem der Kahn vertäut ist, höre ich einen Ton, einen Trompetenton, die Trompete ist gestopft, der Ton kommt halb erstickt, er kommt von weit her, ein immerzu wiederholtes Glissando zwischen Halb-, Viertel- und Achtelton. Ein Klageton ohne Zweifel. Es kommt näher und näher. Jetzt höre ich neben dem Trompetenton ein anderes Geräusch: die im Sand schleifenden Schritte von Menschen, die sich auf den Hafen und also auf uns zubewegen. Und schließlich sehe ich sie. Es sind viele. Sie gehen so dicht aufgeschlossen und sich gegenseitig schiebend und bedrängend wie Schafe, die von einem Hirten vorwärts getrieben werden. Aber Hirte ist keiner da. Schließlich stehen sie alle auf dem Uferkai, als erwarteten sie das Einlaufen eines Schiffes oder vielleicht den Befehl zum Ausladen der Frachtgüter. Ihre Gesichter

sehe ich nicht, denn sie haben Hüte, Kapuzen und Schirmmützen tief über die Augen gezogen.
Herma, was wollen diese Leute?
Die Antwort kommt von einem Zwerg. Er ist es, der die gestopfte Trompete geblasen hat. Eigentlich ist er kein Zwerg, sondern ein Verwachsener mit einem viel zu großen Kopf. Er will sprechen, aber seine Stimme gehorcht nicht, sie ist rauh, wie von langem Nichtgebrauch eingerostet. Mehrmals setzt er an, aber es kommen nur unverständliche Laute, so, als mühe sich ein Tier zu sprechen.
Schließlich gibt er das Redenwollen auf, und er versucht es mit Gesten. Er zeigt auf die Frachtkähne und deutet über den Hafen hinaus. Ich verstehe: die Schiffe sollen abfahren, auf einen Fluß oder ein Meer hinaus. Aber es gibt nicht Fluß noch Meer, es gibt kein Wasser, es gibt nur Sand. Der Zwerg hört nicht auf zu deuten. Ich sehe, er ist verzweifelt darüber, daß ich nichts unternehme.
Ich sage: Ich kann doch nichts tun. Wo kein Wasser ist, schwimmt kein Schiff.
Als mache ich eine neue, eine schreckliche Enthüllung, beginnt er Laute auszustoßen, die zu einem Geheul anwachsen.
Sein Geheul wird zu einem vielstimmigen Chor. So heulen Wölfe in Winternächten, wenn sie am Verhungern sind. Unserm Hund sträuben sich die Rückenhaare, und schließlich heult auch er auf. Um Himmels willen, was geschieht denn hier?

Leute, schreie ich, so seid doch still. Redet doch! Kann man euch helfen?
Als sei mein Wort ein Befehl, schweigen sie still, aber dann stürzen sie sich kopfüber wie Schwimmer von der Kaimauer in den Sand, als sei es Wasser. Sie schlagen mit den Köpfen auf, aber der Sand ist weich, sie stehen unbeschädigt auf und waten zu den Kähnen. Dann beginnen sie die Kähne zu schieben und zu ziehen. Ein unsinniges Tun. Die Kiele stecken metertief im Sand. Die Schiffe, schwer beladen, bewegen sich nicht im geringsten. Wohin auch hätten sie sich bewegen sollen. Die Leute lassen bald wieder ab und stehen eine Weile herum, als berieten sie den nächsten Schritt.
Der Zwerg ist offenbar in allem ihr Anführer. Er ist es, der jetzt auf den größten der Lastkähne klettert, dort stumme Anweisungen gibt, die nachkletternden Leute verteilt und dann einen Schrei ausstößt, der als Signal wirkt: jetzt fassen alle irgendeinen Sack oder eine Kiste an, die sie offenbar vom Schiff werfen wollen. Der Lastkahn wimmelt von arbeitenden Leuten. Es müßte ihnen doch gelingen, die Fracht abzuladen. Aber es gelingt ihnen nicht. Der Inhalt der Kisten und Säcke scheint ungeheuer schwer zu sein.
Herma, was ist denn da wohl geladen?
Das, woran sie am meisten hängen und das sie um jeden Preis loswerden wollen.
Und was ist das?
Statt mir zu antworten, zeigt sie auf den Lastkahn: die Leute geben auf. Sie setzen sich auf Säcke und Kisten, so

daß die Schiffslast nur aus Menschen zu bestehen scheint. Ich wünsche, Zauberkraft zu haben, den Sand in Wasser zu verwandeln und das Schiff flottzumachen. Einen Augenblick sehe ich Wasser und ein bunt bewimpeltes Schiff, das fortschwimmt, weit weg von der schwarzen Stadt. Und dann sehe ich, wie sich die Kanäle mit Wasser füllen, wie sich die Paläste und Brücken spiegeln, wie die Gondeln schwimmen, wie eine Prozession festlich gekleideter Leute über den großen Platz zieht, der dem Markusplatz ähnlich ist, und ich höre Blasmusik und den Hammerschlag auf die große Stundenglocke, und dann ist das ganze schöne Bild verschwunden. Nur die alte schwarze Stadt ist da, auf Sand gebaut, und draußen der Kahn mit der Menschenfracht.

Worauf warten die denn?

Auf die Rückkehr des Wassers.

Ist denn eine Aussicht, daß es wiederkommt?

Eine Aussicht ist immer.

Darf ich ihnen Hoffnung geben?

Sie würden dich nicht hören: sie sind taub für eine solche Botschaft.

Auf dem Frachtkahn kommt jetzt Bewegung auf. Es sieht aus wie eine Meuterei, aber es ist nur die Unordnung eines Aufbruchs. Der Zwerg voran, stürzen sich jetzt alle vom Schiff, kopfüber, der Schiffsrand liegt viel höher als die Ufermauer, und aus dem Sand ragen Reste von Steinpfeilern. Gefährliche Sprünge. Tatsächlich bleiben alle zunächst liegen wie tote Fische, aber nach kurzer Zeit stehen sie auf, schütteln den Sand ab und waten mühsam an Land, klettern die Kaimauer hoch und bleiben dort stehen, bis der Zwerg sich auf die Knie niederwirft. Alle tun es ihm nach. Dann beginnen sie eine Art Gesang. Der Zwerg ist Vorsänger, die andern fallen ein. Eine Litanei. Ein Lamento. Ein herzzerreißender Chor. Dabei wiegen sie sich rhythmisch nach allen Seiten, ringen die Hände und schlagen sich mit Fäusten auf die Brust.

Das ist ein Bußritus, Herma! Was für eine Schuld büßen sie denn? Sie tun mir leid.

Ich bin mir nicht bewußt, daß ich weine. Der Zwerg aber sieht es, ehe ich meine Tränen fühle. Er ruft laut, und jetzt redet er verständlich: Sie weint!

Alle springen auf und drängen sich um mich und wollen mein Gesicht berühren.

Wasser! sagt der Zwerg. Und alle rufen: Wasser!

Der Zwerg, der offenbar als einziger sprechen kann, wenn auch schwer verständlich, sagt: Der erste Mensch, der über unser Schicksal weint! Wenn hundert Menschen über uns weinen, kehrt das Wasser zurück! Schon ist der Sand feucht! Weine, du Fremde, weine!

Die Leute werfen sich auf die Knie und legen ihre Hände und Gesichter in den Sand, der nicht mehr Feuchtigkeit zeigt, als sei ein leichter Tau gefallen.

Hört, sage ich, warum weint ihr nicht selber? Das gäbe doch mehr Wasser als meine Tränen!

Das können wir nicht, sagt der Zwerg, der mich versteht. Wir haben unsre Tränen verkauft für teures Geld vor langer Zeit. Aber . . .

Seine Leute drängen sich um ihn, und ich sehe, daß sie untereinander sich verständigen. Sie handeln etwas aus. Sie sind lange nicht einig. Schließlich aber kommen sie zu einem Entschluß, der allen paßt. Der Zwerg hat offenbar den Auftrag, mit mir zu verhandeln. Er kommt rasch zur Sache: Verkauf uns deine Tränen! Wir zahlen einen hohen Preis. Wir sind reich. Zwar liegt unser Reichtum da draußen auf den Schiffen, aber sobald wir Wasser haben, werden wir auch unser Gold und Silber wiederhaben. Nun: was forderst du?
Herma hebt warnend die Hand, aber der Händlerzwerg fährt fort: Wir zahlen jeden Preis! Jeden!
Verspielt! sagt Herma mit Autorität.
Zu mir sagt sie: Siehst du, was für ein Volk das ist, über dessen Geschick du geweint hast. Krämer sind es. Ihr Bußgeschrei ist leer. Ihnen ist nicht zu helfen. Komm!
Wir gehen. Die Leute folgen uns eine Weile, aber sie können die unsichtbare Stadtgrenze nicht überschreiten.
Schau nicht um, sagt Herma, sie verdienen keinen Blick und keinen Seufzer und gewiß keine Träne.
Wie hart du bist, Herma!
Ich? Sie sind es, die hart sind. Wenn du wüßtest, woher ihr Reichtum stammt.
Woher?
Du wirst erfahren, was du schon weißt. Komm. Wir betreten jetzt die vierte Unterstadt. Wir sind erwartet. Das Tor steht offen.
Ich sehe weder ein Tor noch einen Menschen, der uns

erwartet. Ich sehe nur eine leere Landschaft, die zuerst die Fortsetzung der Sandwüste scheint, aber sich dann als Steinwüste erweist. In der Ferne sehe ich niedrige runde Gebilde, die den Trulli in Apulien ähneln und auch den Schneehäusern der Eskimos. Sie liegen weithin verstreut in der Wüste.

Herma, leben hier Menschen, oder sind dies Grabhügel?

Grabhügel, in denen Menschen leben.

Du sagst, Menschen leben dort. Also sind es keine Toten?

Es sind Menschen, die nie gelebt haben.

Ungeborene?

Nein, Geborene, aber die meisten von ihnen waren mit jungen Jahren schon tot. Sie wußten es nicht. Sie meinten zu leben.

Wir haben uns den ersten Grabhügeln genähert. Jetzt sehe ich, daß die Hügel oben runde Öffnungen haben.

Vorsicht! sagt Herma. Und schon fliegen aus dem nächsten Hügel Steine gegen mich, begleitet von unverständlichen Flüchen.

Bald fliegen aus allen Hügeln Steine. Ein Steinhagel. Ein Angriff.

Eine Verteidigung, sagt Herma.

Aber wir tun ihnen doch nichts.

Sie fürchten, du kommst ihnen zu nah und siehst ihren Hort.

Was horten sie?

Das, was sie für den höchsten Wert halten.

Gold, Silber?
Nein. Ihr Talent, Gold und Silber zu erwerben.
Aber hier kann man nichts dergleichen erwerben.
Das wissen sie nicht. Sie wissen aber, daß sie fähig sind, große Reichtümer zu erwerben. Sie warten auf die Gelegenheit.
Kommt die denn je?
Nie. Aber sie warten, und weil sie glauben, ihre Zeit komme, haben sie Angst, jemand andrer könne ihnen ihr Talent und die Gelegenheit rauben. Sie verschanzen und vergraben sich und bewachen sich gegenseitig. Deine Ankunft alarmiert sie. Du bist ein Feind, ein Konkurrent.
Ich?
Aus einem der Grabhügel streckt sich ein Kopf, aber schon hagelt es aus den Nachbarhügeln Steine gegen ihn. Der Angegriffene wirft zurück, und bald ist ein Gefecht im Gange, das sich über das ganze Gräbergebiet verbreitet und nun nicht mehr mich betrifft. Jeder greift jeden an. Kaum zeigt sich irgendwo ein Kopf über dem Grabrand, werden Steine gegen ihn geschleudert.
Herma, die bringen einander um! Schau die spitzen Steine! Wenn die einen Kopf treffen!
Ihre Schädel sind aus Stein. Daran prallen alle Steine ab. Daran ist immer alles abgeprallt.
Herma, schau, der winkt uns zu!
Dir, nicht uns. Mich und den Hund sieht er nicht.
Was will er von mir?
Ich sehe kein Gesicht, nur einen Arm und eine Knochen-

hand, die mir etwas entgegenstreckt: einen großen Beutel, und ich höre ein Geflüster: Nimms mit nach oben, es ist Silber in Münzen und Gold in Barren, tu was damit, brings auf meine Bank, legs an in hochverzinslichen Papieren und in Ländereien, hörst du! Bald bist du reich, und den Gewinn bringst du mir, wir teilen gerecht, du bist meine Enkelin und jetzt mein Sozius, hier, überleg nicht lang, es ist eine einmalige Gelegenheit!
Herma, der hat ja doch einen wirklichen Schatz, der hat Gold und Silber!
Das glaubt er. Was er hat, ist nichts als Sand und Scherben.
Obwohl ich nur ein Geflüster gehört habe, scheinen alle es gehört zu haben, selbst die aus den weit abliegenden Gräbern. Überall strecken sich Hände mit Beuteln aus den Gräbern, und von überall her winkt man mir. Das Geflüster ist wie das Rascheln von dürrem Schilf.
Komm, sagt Herma.
Aber dieser da, der sagt, ich sei seine Enkelin ...
Er lügt, aber er sagt auch die Wahrheit, denn er weiß, daß er viele Enkel hat. Er hält alle Nachgeborenen für seine Enkel. Er will, daß sie das Erbe verwalten und vergrößern. Er gibt nicht auf. Er weiß nicht, daß er tot ist und nichts als ein Gespenst. Komm, komm, ehe er dich festhält. Diese Toten hier sind sehr mächtig. Komm, schau nicht um! Sie kennen einen Trick, mit dem sie Leute festhalten: sie saugen sie an.
Schon spüre ich diesen Sog, aber Herma hält mich fest an der Hand und zieht mich vorwärts. Ich fühle, daß wir

nur mit knapper Not uns retten. Schließlich läßt der Sog nach, wir sind frei.
Gesindel, sagt Herma zornig, Gespenstergesindel, alte Wucherer, Großschwindler, Spekulanten, Aasgeier!
Als sei dies das Zauberwort, höre ich über uns Flügelschlagen und Gekrächze. Es muß eine große Schar von Vögeln sein.
Wirf dich zu Boden, sagt Herma. Sie sind es! Sie geben nicht auf.
Herma gibt mir einen Stoß, ich falle zu Boden, sie deckt mich zu, indem sie sich auf mich legt, und auf sie legt sich der Hund.
Die Geier ziehen Kreise, enger und immer engere, ich spüre die Luftbewegung unter ihren Flügeln.
Herma sagt: Keine Angst, sie können sich nicht lange außerhalb der Gräber halten. Hörst du, sie wenden sich schon ab. Schau jetzt!
Einer verzögert den Rückflug. Einige Augenblicke später sinkt er als Staubwolke auf den Boden. Da, wo er auffiel, bleibt etwas liegen: ein Beutel.
Rühr ihn nicht an! sagt Herma.
Was ist es?
Seine letzte Karte.
Nämlich?
Sein Gehirn. Sein Erbe, dir zugedacht. Komm jetzt! Sie könnten wiederkommen. Es sind die zähesten Gespenster, die es gibt. Schau nicht um!
Ich bezwinge mich mühsam, mich nicht umzuwenden. Mir scheint es tatsächlich wünschenswert, das Talent

zum Erwerb von Reichtum zu besitzen. Nicht den Reichtum, nein, sondern eben dies, was im fallengelassenen Beutel ist: das Gehirn eines großen Bankiers. Ich weiß, daß in meiner Ahnenreihe mindestens sechs große Bankiers waren, der letzte war der Vater meines Vaters. Er muß immens reich gewesen sein. Ihm gehörte eine ganze, heute nach ihm benannte Straße unsrer Stadt, und sehr viel Land ringsum, das heute bebaut ist. Woher sein Reichtum? War nicht bisweilen von Afrika die Rede? War es die Zeit, in der unser Land Kolonien dort hatte? Hatte meine Großmutter nicht eine Kette aus ungeschliffenen Diamanten? Wohin ist sie geraten? Sie müßte doch aufzufinden sein. Ein so seltenes Stück verschwindet nicht. Ich will es wiederfinden. Um jeden Preis.

Warum bellt der Hund? Was hat er? Er zieht mich am Rock vorwärts.

Lauf! sagt Herma, lauf! Sie kommen wieder. Sie haben deine Gedanken gehört. Sie erkennen dich als eine der Ihren. Lauf!

Sie wissen sicher, wo die Diamanten sind!

Herma gibt mir einen Stoß, daß ich taumle. Dann stolpere ich etwas und schlage mit dem Kopf auf ein Tor, das sich dabei öffnet, und ich falle über die Schwelle. Ich fühle, daß ich mir beim Anprall auf das Tor eine Beule auf der Stirn geholt habe. Sie tut weh. Der Schmerz greift auf meine Augen über, so daß ich sie schließe.

Setz dich, sagt Herma, und in ihrer Stimme ist eine

Strenge, die ich vorher nie erlebte. Ich setze mich wie auf Befehl, noch benommen von dem Aufprall.
Ich bin so müde, daß ich nichts andres möchte als schlafen. Vielleicht habe ich kurz geschlafen. Ich wache auf oder komme zu mir, geweckt von einem sanften Plätschern und dem Knarren von Rudern: ein Boot legt an, ein Fischerkahn. Dicht vor meinen Füßen ist Wasser. Ein See. Nein, ein breiter Strom. Der Anblick des klaren Wassers weckt meinen Durst. Das Wandern durch die staubig-steinigen Wüsten hat mich ausgetrocknet. Aber Herma zieht mich zurück.
Trink nicht daraus!
Das klingt wie im Märchen, sage ich; trink nicht daraus, sonst wirst du ein Reh! Wenn ich aber ein Reh werden will? Wenn ich es satt habe, mit dir von Abenteuer zu Abenteuer zu fallen? Laß mich! Ich will nichts mehr wissen, ich will nicht weitergehen!
Aber der Hund verbellt mich, er fletscht sogar die Zähne gegen mich, er treibt mich weg vom Wasser.
Nun ja, sage ich, also nicht, dann sterbe ich eben vor Durst. Auch recht.
Ich bin plötzlich zornig und habe Lust, den Hund und Herma zu schlagen.
Ich fühle mich vergewaltigt. Ich schreie: Das ist Freiheitsberaubung! Ich will zurück, will heim in meine Stadt. Oder ich will jetzt sofort aufwachen aus diesem Alptraum!
Mein Geschrei kommt verzerrt als Echo zurück. Ich sehe auf beiden Seiten des Stroms hohe schroffe Felswände.

Inzwischen hat Herma das angetriebene Boot soweit ans Ufer gezogen, daß ich einsteigen könnte, aber ich will nicht, ich sperre mich, ich spreize sogar die Beine wie ein Esel, um festen Stand zu haben.
Herma hat Geduld, sie hält das Boot fest. Der Hund ist bereits hineingesprungen.
Ich sage: Zuerst will ich wissen, woher der Strom kommt und wohin er fließt.
Sie sagt: Nirgendwoher, nirgendwohin.
Aber da kommen doch Schiffe geschwommen, die müssen doch irgendwoher kommen und irgendwohin wollen.
Sie fahren stromauf, stromab. Der Strom hat nicht Anfang, nicht Ende.
So fahren sie im Kreis? Immerfort?
Immer ist ein sonderbares Wort. Wie lang ist immer? Schau dir Schiffe und Schiffer an!
Ich sehe: die Schiffe sind kleine Fischerboote. In jedem sitzt nur ein einziger Mensch. Die Boote haben weder Segel noch Steuer noch Ruder. Sie werden vom Strom getrieben. Es sind, das sehe ich jetzt, alte Kähne, und sie sind so schwer beladen, daß sie tief im Wasser liegen.
Sie werden untergehen, Herma! Sie sind weit überfrachtet.
Sie gehen nicht unter. Die Schiffer möchten gerne, aber sie können nicht.
Wenn sie gern ertrinken wollen, können sie doch einfach ins Wasser springen.
Ich sage dir: sie gehen nicht unter.

Aber was haben sie denn geladen?
Das, wovon sie sich nicht trennen können.
Und was ist das?
In diesem Augenblick kommt ein Boot nahe ans Ufer, der Schiffer winkt und streckt mir etwas entgegen, ein Säckchen, aber ehe ich es entgegennehmen könnte, wird das Boot abgetrieben. Als hätten alle ein Signal empfangen, versucht einer nach dem andern, an Land zu kommen, um mir ein Säckchen zu übergeben. Es gelingt keinem.
Herma, was möchten die mir geben?
Das Gewicht, das ihre Boote überlastet.
Diese kleinen Päckchen? Sind die so schwer? Warum werfen sie sie nicht einfach über Bord?
Ich sagte dir doch: sie können sich nicht davon trennen.
Aber sie wären die Last gerne los?
So ist es.
Und wenn es einem gelänge?
Für die einen ist es zu spät, für die andern zu früh. Und jetzt steig endlich ein!
Und ich muß dann ebenfalls stromauf, stromab schwimmen?
Nein. Du nicht.
Kaum sitzen wir im Boot, als es, von einer starken Strömung erfaßt, vorwärts schießt. Der Fahrtwind saust mir um die Ohren, ich höre nicht mehr, ich ducke mich, Herma steht aufrecht und lenkt steuerlos unser Boot zwischen den anderen Booten und den ausgestreckten Hän-

den hindurch auf die Felsschlucht zu. Ich bin sicher: wir werden dort an den Riffen zerschellen, aber das ist mir jetzt gleichgültig, oder fast schon erwünscht: dann hat diese absurde, diese so äußerst unangenehme, quälende Reise ein Ende. Fast mit Enttäuschung bemerke ich, als die Fahrt langsamer wird, daß wir die Felsschlucht passiert haben, auf einem stillen Gewässer schwimmen und schließlich an einem Ufer landen und aussteigen.
Ich schaue zurück, ich sehe die Kähne vor der Felsschlucht kreuzen, aber es gelingt ihnen nicht, diese Pforte zu passieren, um ins stille Wasser zu kommen. Komm, sagt Herma und dreht mein Gesicht nach vorne.
Der Anblick, der sich mir bietet, läßt mich die unseligen Schiffer beinahe sofort vergessen.
Vor mir ein Stück Heimatlandschaft: ein Bauernhof inmitten maigrüner Hügelwiesen, auf denen Schafe, Kühe, Pferde und Ziegen weiden; dazwischen laufen Gänse, Hausschweine, Hühner, Truthähne, Pfauen. Zwischen das einheimische Stallvieh mischt sich nach und nach Jagdwild: Rehe, Hirsche, Wildschweine, auch Füchse, Marder, Dachse. Dann verändert sich das reizende Bild, als werde es überlagert von einem zweiten, das Löwen und Tiger, Luchse und Bären, Adler und Falken zeigt. Die fremden Tiere mischen sich unter die heimischen, es werden immer mehr, woher kommen sie denn, sie sind einfach da, vermehren sich auf der Stelle, sie drängen sich aneinander, sie tun sich nichts Böses, sie sind sich einig, und doch hat das ganze Bild nichts von Paradiesesfrieden. Sie machen mir angst, sie kommen mir zu nahe,

was wollen sie von mir, diese Raubvogelaugen, diese angriffsbereiten Hörner und Geweihe, diese hochgehobenen Hufe und Klauen, die gefletschten Gebisse, diese schlagenden Flügel, peitschenden Schweife, diese über uns schwebenden Raubvogelklauen. Die Tiere sind mir feindlich, das ist klar, doch unentschlossen, ob sie mich überfallen und töten sollen. Ich schaue mich um: überall lautlose Drohung. Ich sage: Hört zu, ich habe nie einem von euch Böses getan, ich arbeite für den Tierschutz, gegen die Vivisektion, gegen die Vogeljagd, ich trage keinen Pelz, keine Krokodilhandtasche, keine Eidechslederschuhe, ich esse kein Fleisch, ich habe nie ein Tier gequält, schon als Kind nicht, warum also seid ihr mir feindlich?

Es scheint, als hörten sie mir zu, sie bleiben in einigem Abstand stehen, ich habe Angst, ich schwitze vor Angst, das Zeichen meiner Schwäche, es reizt Tiere zum Angriff, ich weiß das, ich kann es nicht ändern.

Herma! schreie ich, so hilf doch!

Es ist nicht Herma, die hilft, es ist der weiße Hund, der, vor mir hergehend, einen Weg bahnt durch die Herden, einen schmalen Weg zwischen Hörnern, Hufen und Raubtiergebissen. Eine endlose Wanderung, die Zeit steht still, oder wir stehen still, und die Zeit fließt an uns vorbei und hat die Gestalt von riesigen Tierhorden, Rudeln, Raubvogelscharen. Schließlich wird die Gasse zwischen den Tieren breiter und läuft perspektivisch auf einen Punkt zu. Dort erscheint ein Tier, ein mächtiger weißer Widder mit gewundenen Hörnern, ein majestäti-

sches Tier, das mir aber keine Furcht macht. Ist das ein Tier, das auf den Hinterbeinen steht, oder ist es ein Mensch mit einer Tiermaske? Ich erwarte, daß dieses Wesen sprechen wird. Aber es schaut mich nur an mit golden glänzenden Augen. Ich fühle mich unsicher. Erwartet es meinen Gruß? Aber wie grüßt man einen Widder, der vielleicht ein König ist? Ich mache auf jeden Fall eine Verbeugung. Der Widderkönig bewegt ein wenig seinen mächtigen Kopf, aber ich bin nicht sicher, ob das ein Gegengruß ist. Er hat jedenfalls viel Zeit, er bleibt stehen, aufrecht, und so stehe auch ich, Aug in Auge mit ihm, wie lange wohl. Ich begreife: er ist Richter, ich stehe unter Anklage, aber wessen bin ich beschuldigt?
Herma ist nicht zu sehen, aber der weiße Hund steht neben mir. Mein stummer Verteidiger. Kein Laut ist zu hören. Ich schaue in die goldenen Augen des Widders und versuche zu verstehen. Aber allmählich werde ich unruhig, ja zornig. Ist dies nicht ein Tier, und bin ich nicht ein Mensch? Was maßt es sich an, mich zur Verantwortung zu ziehen? Ich bin mir keiner Schuld der Tierwelt gegenüber bewußt.
Oder soll ich auch hier für etwas gestraft werden, was meine Vorfahren taten? Aber was taten sie Böses an Tieren? Ich weiß es nicht.
Allmählich aber weiß ich, was hier von mir erwartet wird. Von den Goldaugen des Widders zu einem Geständnis gezwungen, das mir selbst unbegreiflich ist und das abzulegen mir doch notwendig scheint, sage ich: Ich bin mir keiner Schuld bewußt, aber da ich ein Mensch

bin und ein Bürger der Oberstadt und Angehörige einer Familie, und da niemand andrer zugegen ist, bekenne ich mich in aller Namen mitschuldig an allen Verbrechen, welche Menschen an euch Tieren begangen haben.
Indem ich das sage, fühle ich ein ungeheures Gewicht auf meinem Rücken. Es zwingt mich in die Knie. Der Widderkönig hebt seinen Huf. Er wird mich zerschmettern. Ich erwarte den tödlichen Schlag. Ich schaue ihm in die Augen. Das sind nicht die Augen eines Rächers, das sind Augen eines gerechten Richters. Er senkt den Huf und wendet sich zum Gehen. Die Tiere folgen ihm. Einige Augenblicke später ist der große Platz leer.
Ich knie noch immer auf der Erde. Ich bin noch einmal davongekommen. Bin ich begnadigt? Bin ich freigesprochen? Bin ich frei auf Bewährung? Ich will dem Widderkönig, dem Richter, nachlaufen, um Gewißheit zu bekommen. Aber wohin ist er gegangen? Er hat keine Spur hinterlassen.
Warum knie ich eigentlich? Herma, ich habe geträumt, ein großer Widder mit Goldaugen . . .
Sie unterbricht mich: Du hast geträumt und nicht geträumt. Du hast dich nicht freigesprochen. Du gibst dir eine Bewährungsfrist. Komm, wir haben noch einen weiten Weg.
Warte. Mir ist, als wüßte ich jetzt etwas, was der Widder wußte, aber es ist wie im Nebel. Es hat mit dem Haus meiner Großmutter zu tun, aber was.
Willst du klar sehen?
Nein, nein. Oder doch. Ja doch. Wenn es nicht zu

schrecklich ist. Aber warte ein wenig. Ich . . . Nein, gehen wir, damit ich es rasch hinter mir habe.

Vor uns liegt jetzt eine Landschaft, die teils Wüste, teils Gebirge ist. Aber ich sehe: es ist nur die Nachahmung wirklicher Landschaften. Die Felsen, Höhlen, Grotten sind künstlich. Eine Landschaft wie in einem Tierpark.

Es *ist* ein Tierpark, sagt Herma.

Aber ohne Tiere. Höhlen ohne Löwen, offene Käfige ohne Tiger, Affenhäuser ohne Affen, Wasserbecken ohne Wasser und Wassertiere, Volièren ohne Vögel. Im Sand keine Tierspur. Kein Wärter weit und breit.

Das ist kein Tierpark, sage ich, das war einmal einer, vor langer Zeit. Was ist hier geschehen?

Nichts Besonderes, sagt Herma und geht auf ein Haus zu, das offenbar einmal das Direktionsgebäude war. Tür und Fenster stehen weit offen. In der Vorhalle liegt auf einem Tisch ein Buch, ein großer, dicker Band, altertümlich. Ich nehme an, es ist ein zoologisches Lehrbuch, und schlage es auf. Die ersten Seiten sind leer, ich blättere weiter: lauter leere Seiten. Doch sehe ich schattenhafte Bilder, die schlecht entwickelte Negative von Fotografien zu sein scheinen, doch könnte es auch sein, daß die Bilder derart vergilbt und von Alter oder von Sonne, Regen und Wind, die ungehindert hier eintreten, langsam zerstört wurden. Oder sind es überhaupt nur Stockflecken, von denen zufällig einige wie Tiere aussehen? Nach meiner Begegnung mit dem Widder und seinen Horden ist es kein Wunder, daß ich Stockflecken für Tiere halte.

Herma sagt: Es waren Tiere.
Waren? Und wo sind sie jetzt?
Fort, sagt sie trocken. Weißt du nicht, daß Millionen von Tierarten ausgestorben sind? Aber blättere weiter!
In der Mitte des Buches beginnen Abbildungen. Zeichnungen von Tieren, von denen man sagt, es gebe sie nicht, es seien Fabeltiere. Tiere, die an den Türmen gotischer Kathedralen hausen, am Fuß romanischer Säulen, an Kapitellen in Krypten, an alten vermoosten Brunnen, zu Füßen steinerner Figuren, in illustrierten Fabelbüchern, in surrealistischen Gemälden, in Alpträumen: Greife, Einhorne, geflügelte Drachen, Phönixe, vielköpfige Schlangen und Hunde, Zentauren, Sirenen, Basilisken, Chimären, Werwölfe.
Hat es sie nie gegeben? Gibt es sie nicht anderswo, und verbringen sie nicht ihr Leben auf eine uns fremde Art?
Auf den verbleibenden Buchseiten sind keine Bilder und auch keine Stockflecken, die an Tiere denken lassen. Aber auf jeder Seite steht ein Wort, ein einziges. Seltsame Wörter. Namen wie: Behemoth, Burax, Nasim, Urbos, Philkan, Kamis. Namen, denen nicht einmal Fabeltiere der bildenden Kunst entsprechen. Namen für Tiere, die wirklich nicht existieren.
Doch, sagt Herma, es gibt sie. Sie sind von Dichtern erfunden.
Nun ja, sage ich und gebe mich halb geschlagen. Aber, sage ich, du bist mir noch Antwort schuldig auf meine Frage, wohin die Tiere, die auf den Blättern abgebildet

waren und verschwanden, gegangen sind, wenn man so sagen kann.
Ich sage dir: sie sind fort.
Die Tiere sind vielleicht ausgestorben. Aber deshalb brauchen doch die Bilder nicht zu verschwinden.
Die Tiere haben das Buch verlassen. Du siehst ihre Abdrücke.
Aber gezeichnete Tiere können doch nicht...
Dafür sind jene Tiere eingezogen, die man Fabeltiere nennt. Es gibt aber auch andere Tiere, die es auf eine Weise gibt, auf andre nicht.
Ich verstehe kein Wort, aber plötzlich taucht ein Bild auf in meinem Gedächtnis, jenes, das sich schon schwach gemeldet hat, als ich vor dem großen Widder stand. Jetzt ist es deutlicher: das Haus meines Urgroßvaters, die Wände voller Hirschgeweihe, auf dem Boden Tigerfelle. Das freilich waren Tiere, die es auf eine Weise gibt, auf die andre nicht. Hat der große Widder davon gewußt? Hat er mich dafür verantwortlich gemacht? Aber niemand meiner Ahnen hat jene Tiere getötet. Keiner war ein Jäger. Alle waren Händler. Eine Stimme in mir sagt: Eins so schlimm wie's andre. Schuldige, Mitschuldige, Hehler. Meine Großmutter mit ihrem Leopardenmantel, mein Großvater mit Biberkragen und Fuchspelzmütze. Meine Mutter auch: sie hatte einen Mantel aus Seehundfell. Und, o Gott, ich selbst: in aller Unschuld trug ich einen pelzgefütterten Mantel, ich weiß nicht von welchem Tier. Und wenns nur Kaninchen waren. Nur. Als gäbe es gesellschaftliche Ränge auch in der Tierwelt. Als wäre

Leben nicht Leben und Mord nicht Mord. Ich bin verwirrt, ich bin voller Bitterkeit gegen eine Weltordnung, in der dies alles straflos geschehen darf. Genügt diese meine Einsicht nicht? Was bricht da noch über mich herein: aus dem künstlichen Gebirge kommt ein Zug von Tieren auf uns zu, Pferde, ein langer grauer Zug von alten, abgeschundenen Tieren mit eingefallenen Kruppen und hart vortretenden Rippen. Hungerpferde, Schindmähren, wie man sie zum Abdecker führt. Sie gehen zu Paaren und drängen sich eng aneinander, und sie gehen geradeaus, aber mit vorsichtig tastenden Hufen. Sie sind blind. Alle.
Grubenpferde, sagt Herma.
Ja, ich weiß.
Deine Urahnen waren Grubenbesitzer.
Ja, schreie ich, das weiß ich. Du brauchst es mir nicht auch noch zu sagen.
Aber sie sagt unbarmherzig: Begreifst du jetzt den großen Widder?
Nein, schreie ich, ich begreife nicht, warum er mich nicht zertreten hat.
Ich werfe mich den blinden Pferden in den Weg, aber ihre tastenden Hufe merken das Hindernis und weichen aus. Dies ist das äußerste Maß an Strafe: meine Reue, meine Demütigung, mein Opfer nicht anzunehmen. Ich bleibe im Sand liegen. Die Pferde sind weitergezogen. Der Wüstenwind bedeckt mich mit Sand und füllt auch meine Augen mit Sand. Ich bin blind wie die Grubenpferde. Gut so.

Aber der Hund gräbt mich aus und leckt meine Augen sauber.
Guter Hund, sage ich, laß mich hier liegen. Ich kann nicht weiter.
Aber er leckt und gräbt mit unbarmherzigem Eifer, und dann zieht Herma mich hoch. Die Reise geht weiter.
Vor uns erhebt sich ein Berg, der augenscheinlich künstlich aufgehäuft und regelmäßig geformt ist. Ein Pyramidenstumpf, der mich glauben macht, es sei der Berg, auf dem die Oberstadt liegt. Aber dieser da trägt keine Stadt, sondern ein einziges Bauwerk, ein Kastell vielleicht, ein Bau ohne Türen und Fenster. Kein Weg führt hinauf.
Was ist da oben?
Das ist ein Grabmal, sagt Herma.
Für wen?
Für die Träume.
Wessen?
Derer, die sich damit begnügten, schön zu träumen.
Gestorbene Träume also.
Nein, nur zu schwache.
Sind Träume meiner Vorfahren dort oben?
Nein, das waren keine Träumer. Wären sie sonst so reich und mächtig geworden?
Aber ich? Aber mein eigener Traum?
Der ist aus festerem Stoff gemacht.
Da könnten Zweifel aufkommen: was ich träume, löst sich jedesmal in Nebel auf oder weht als Staubwolke davon.
So träume stärker!

Kann ichs? Ich möchte etwas Hübsches träumen, aber ich bin voller Dunkelheit. Wo nehme ich den Stoff zu etwas Heiterem? Eine Kinderstadt würde ich gerne träumen, aber ich kann nicht. Ich träume irgendeine Stadt, ich träume sie aus den Schatten, die ich in mir habe.

Vor mir liegt eine Stadt, aber sie scheint mir keine Traumstadt, sondern von kompakter Wirklichkeit.

Mir in den Weg tritt ein kompakt wirklicher Polizist in einer gewöhnlichen heutigen Uniform.

Ihren Ausweis?

Meine Papiere liegen im Auto in der Oberstadt.

Ohne Ausweis kein Einlaß.

Nun gut, dann bleibe ich eben draußen.

Sie müssen aber in die Stadt.

Wer befiehlt das?

Die Behörde.

Wer ist das?

Ich weiß es nicht.

Herma mischt sich ein: Die Behörde ist sie selbst, außer ihr gibt es keine. Sie selbst gibt den Befehl zum Betreten dieser Stadt.

Der Polizist schaut in die Richtung, aus der diese Stimme kommt, aber er sieht ganz offenbar die Sprecherin nicht. Doch salutiert er und läßt mich passieren.

Die Stadt scheint eine ganz gewöhnliche zu sein. Es gibt Ladengeschäfte wie in jeder andern. Vor mir sehe ich eine Tür mit einem Ladenschild: Maskenverleih.

Jemand ruft: Nur herein!

Ich trete ein, sehe aber niemand. Ich rufe hallo, höre aber nur ein Echo aus der Tiefe des Ladens. Es ist ein unerwartet großer Laden, genau gesagt, er ist schmal, aber so lang, daß seine Länge zur Tiefe wird. Der Raum ist halb dunkel. Soviel ich sehen kann, ist es ein verstaubter Trödelladen, der aber auch die Requisitenkammer eines Theaters sein kann. An Stangen und an Wäscheleinen, kreuz und quer durch den Raum gespannt, hängen dicht an dicht Gewänder, und auf langen Bänken liegen die Stücke des Zubehörs: Schuhe, Taschen, Schleier, Spieße, Hellebarden, Königskronen, Brautkränze, Kampfschilde, Perlenketten, Dreispitze, Halskrausen.
Die Stimme einer Unsichtbaren (es ist eine Frauenstimme) sagt befehlend: Wähle!
Mich zu verkleiden, hat mir immer Spaß gemacht. Warum soll ichs also jetzt und hier nicht tun? Ich wähle das nächst vor mir hängende Gewand: das einer indischen Prinzessin samt Schleier und Schmuck, aber eine unsichtbare Hand reißt es mir aus den Händen. Wer ist da zwischen den Kostümen versteckt? Niemand.
Ich greife nach dem nächsten Kostüm, dem einer andalusischen Zigeunertänzerin, aber auch das wird mir aus den Händen gerissen. Was für ein dummes Spiel treibt da jemand mit mir?
Ich wähle jetzt etwas ganz anderes: den weißen Kittel einer Ärztin samt Stethoskop und Blutdruckmesser. Aber auch das wird mir nicht erlaubt.
Was jetzt? Die schöne Tracht einer tirolischen Bäuerin vielleicht. Nein, auch das nicht.

Zum Teufel, schreie ich, dann sag du Unsichtbare, was ich nehmen soll.
Die Unsichtbare wirft mir etwas zu: ein Gewand, das gar nichts darstellt, ein Un-Kostüm, nichts als ein grauer Rupfensack und dazu einen Strick als Gürtel.
Los, anziehen!
Nein, das Zeug stinkt.
Es gefällt dir nicht?
Nein!
Du kannst wählen: dies oder keines.
Ich sehe, ich bin nackt. Was bleibt mir übrig, als den dreckigen stinkenden Rupfensack überzuziehen? Für Kopf und Arme finde ich ausgefranste Löcher.
Die unsichtbare Hand stößt mich aus dem Laden. Ich will zurück, um meine Kleider zu holen, aber da ist keine Tür mehr, da ist nur eine fensterlose Mauer, auf der mit Kreide geschrieben steht: Geschlossen wegen Umbaus.
Ich stehe auf der Straße. Herma und der Hund haben dort auf mich gewartet.
Herma, das ist nun doch ein häßliches böses Spiel. Was erlaubt man sich mit mir?
Man erlaubt sich, was du erlaubst.
Ach hör auf. Ich hab deine geheimnisvollen Reden satt bis hier oben. Ich will jetzt nicht mehr weiter, hörst du? Ich will zurück in die Oberwelt, wohin ich gehöre. Diese Gespensterwelt ist nicht die meine, ich gehe jetzt keinen Schritt weiter.
So willst du hier bleiben?
Nein, natürlich nicht.

Du willst keinen Schritt weitergehen?
Keinen Schritt weiter, aber alle Schritte zurück in meine Welt.
Wir sind auf dem Weg zu deiner Welt. Der Weg führt mitten durch diese Stadt.
Aber ich bin müde. Laß mich wenigstens eine Weile ausruhen.
Ich setze mich, überwältigt von einer schweren Müdigkeit, an einer Straßenecke auf eine Türschwelle. Was für ein seltsames Bedürfnis überkommt mich? Ich strecke die Hand nach Bettlerart aus. Der Hund setzt sich neben mich. Fehlt nur, daß er ein Körbchen im Maul trägt und am Halsband einen Zettel, auf dem steht: Bin blind. Oder: Arbeitslos. Oder: Eben aus dem Gefängnis entlassen. Bin neugierig, ob mir jemand etwas gibt.
Die Stadt schien unbewohnt, jetzt aber belebt sie sich, von überallher kommen Leute, als hätte jemand sie zusammengerufen. Sie haben offenbar eine gemeinsame Absicht. Langsam kommen sie näher, genau gesagt: sie schleichen sich an und sind unsicher, wie weit sie sich mir nähern dürfen. Aber als der erste es wagte, mich zu streifen und mir ins Gesicht zu schauen, folgt einer nach dem andern. Schließlich ziehen sie in einer Prozession an mir vorbei. Keiner gibt mir etwas. Es sind aber sehr gut wenn auch altertümlich gekleidete Leute, als seien sie aus dem 18. Jahrhundert, reiche Leute wohl. Geizige Leute. Hartherzige.
Ich täusche mich: jetzt kommen die nämlichen Leute wieder, und jetzt trägt der erste ein Säckchen. Er bleibt

vor mir stehen und streckt mir das Säckchen entgegen. Ein Almosen, nicht unbeträchtlich, wenn es Geld ist. Es sieht so aus. Der Mann, gekleidet wie ein Ratsherr, um den Hals eine goldene Amtskette, schaut mich erwartungsvoll an. Jetzt vertauschen sich die Rollen: er ist es, der etwas von mir erbittet, ja erbettelt. Was er will, scheint mir klar: ich soll das Päckchen in Empfang nehmen. Aber warum, zu welchem Zweck, und was enthält es? Was immer: ich will damit nichts zu tun haben. Der Mann sieht meinen Widerstand. Um ihn zu brechen, öffnet er das Säckchen: es enthält Silbermünzen. Das konnte ich mir denken. Aber warum will er sie mir geben? Er sagt etwas, das ich nicht verstehe, weil ich es nicht verstehen will. Er bemüht sich, es mir mit Zeichen zu erklären: die Hälfte der Münzen soll ich behalten, die andre Hälfte »nach oben« bringen. Wem aber? Herma versteht seine gestenreiche Sprache: Er will das Geld in eine Bank der Oberstadt bringen lassen.
Sie fügt hinzu: Er kann sich nicht daran gewöhnen, daß er ein Toter ist.
Ein Toter? Er lebt doch, er bewegt sich, er redet.
Er ist dennoch tot. Rühr das Geld nicht an!
Ich habe Lust, in diesen Haufen von Silbermünzen zu greifen. Nur das schöne glatte Metall spüren, weiter nichts. Warum soll ich das nicht dürfen? Muß ich dieser Herma blind gehorchen? Ich greife in das Säckchen. Ich bekomme eine handgreifliche Strafe: das Metall ist heiß.
Ich hüte mich, einen Schrei auszustoßen. Ich ziehe die

Hand zurück. Nachher sehe ich, daß an Zeigefinger und Daumen Brandblasen sind. Herma sagt nichts. Ich verstecke die Hand vor ihr. Sie sagt: Gehen wir.
Ja, sage ich, und es klingt kleinlaut, zu meinem Ärger. Der Ratsherr oder Bürgermeister bleibt stehen, das offene Säckchen in Händen.
Schau nicht um! sagt Herma und zieht mich weiter. Nimmt denn diese Stadt kein Ende? Wir kommen in eine Art Vorstadt: ein trister Ort ist das. Das Tageslicht ist trüb, als fiele es durch schmutziges Glas. Bisweilen taucht ein Mensch auf, der an einem Stecken über seiner Schulter einen Sack trägt, der augenscheinlich leer ist. Es ist immer derselbe Mann. Was schleicht der so herum? Er hat es auf mich abgesehen. Ein Dieb, ein Räuber? Doch wohl eher ein Bettler. Warum verbellt ihn unser Hund? Er schnappt sogar nach dem Kittel des Mannes. Der kümmert sich nicht darum. Er umkreist mich, die Kreise werden immer enger, schließlich ist er so nahe, daß er seine Hand nach mir ausstreckt.
Unverschämter Kerl, sage ich und schlage nach seiner Hand. Mein Schlag geht ins Leere. Was willst du eigentlich? frage ich zornig.
Nichts, nichts. Nichts von Belang.
Dabei versucht er, an meine Rückseite zu kommen. Will er mich rücklings anfallen? Aber der Hund wird mich schützen.
Ich drehe mich rasch um und sehe gerade noch, daß er etwas vom Boden aufheben will. Ich springe zur Seite.
Nein! ruft der Mensch, nein, bleiben Sie bitte stehen.

Ich rette mich auf die andre Straßenseite, auf der noch trübes Licht herrscht.
Schade, sagt der Mensch. Würden Sie bitte wieder auf diese Seite kommen oder noch besser weiter nach vorne?
Warum, zum Teufel, sage ich. Was willst du eigentlich, wer bist du, daß du so frech bist?
Er sagt höflich: Ich bin städtischer Angestellter, ich bin, mit Verlaub, Sammler.
Lumpensammler?
Nein, nein. Wenn Sie ein wenig weiter nach rechts gehen würden ...
Und? Was wäre dann?
Herma sagt: Vorsicht! Aber ich habe schon die paar Schritte getan, ich bin neugierig, ich gebe nicht acht, ich sehe nicht, daß der Kerl mich durchaus unter einer Straßenlaterne haben will.
In diesem Augenblick geht das Licht in der Laterne an, und schon stürzt sich der Kerl auf mich. Ich springe vor Schreck zur Seite und gerate dabei aus dem Lichtkreis. Sonderbarer Räuber oder Mörder: er will sein Opfer nicht im Dunkeln haben, sondern im hellen Licht. Was aber will er wirklich? Er hat sich auf etwas geworfen, das nicht ich bin. Etwas am Boden. Aber was war da? Es ist offenbar nicht mehr dort.
Der Kerl sagt: Bitte, würden Sie noch mal unter die Laterne kommen?
Ich denke nicht dran. Sage mir frei heraus, was du von mir willst.

Entschuldigen Sie. Ich bin ja nur ein Angestellter, ich tu meine Pflicht. Sie dürfen mir glauben, es ist eine schwere Arbeit, wenn man etwas sammeln soll.
Ja was denn, zum Teufel?
Ich bin der städtische Schattensammler, mit Verlaub.
Mit Verlaub. Sammle nur weiter, wenn du dafür angestellt bist. Lustiges Geschäft.
Bitte spotten Sie nicht.
Ich habe das Gefühl, daß du es bist, der mich verspottet. Du sagst, du seist Schattensammler. Du bist vermutlich Lumpensammler.
Leider nein. Wenngleich es auch keine Lumpen hier gibt.
Die meinen könntest du haben, wenn ich meine eigenen Kleider wiederhätte.
Er läßt sich nicht ablenken. Er springt um mich herum wie ein Fotograf um sein Modell. Dort, sagt er, wäre es am besten. Wenn Sie drei Schritte weitergehen, werden Sie einen prächtigen Schatten haben, und ich bekäme die hohe Prämie, die dafür ausgeschrieben ist.
Mensch, sage ich, du bist verrückt. Nimm doch irgendeinen andern Schatten!
Es gibt keine hier, sagt er, und seine Stimme klingt hohl vor Traurigkeit. Tatsächlich: ich sehe keinen einzigen Schatten, nichts wirft hier Schatten, nicht einmal der Laternenpfahl, der doch im Licht steht. Auch Herma und der Hund, das sehe ich jetzt erst, haben keinen Schatten. Ich weiß nicht, ob sie nur hier keinen haben oder ob sie nie einen hatten. Der Kerl rückt mir näher und flüstert:

Sie könnten das Geschäft Ihres Lebens machen. Die Stadt zahlt für einen schönen schwarzen Schatten tausend Silbertaler. Was sagen Sie dazu?
Ich sage: Scher dich zum Kuckuck. Aber vorher kannst du mir noch sagen, warum du so erpicht bist auf meinen Schatten.
Er weicht der Frage aus. Er sagt: Mit Verlaub, ich tu nur meine Pflicht. Ich habe den Auftrag von der Stadt, einen Schatten zur Stelle zu bringen.
Und was will die Stadt damit? Wenn du mir nicht klar Auskunft gibst, ist an ein weiteres Gespräch nicht zu denken. Also, was ist mit dem Schatten?
Darüber entscheidet die Stadt.
Gib mir Antwort.
Das ist Amtsgeheimnis.
Unsinn. Red, oder ich gehe.
Die Stadt braucht einen Schatten. Sie können im Preis auch noch höher gehen. Zweitausend Silbertaler.
Ich wende mich zum Gehen und bin unversehens in den Lichtkreis der Laterne geraten. Der Kerl hat seine Chance sofort wahrgenommen. Mit einem Schrei stürzt er sich auf meinen Schatten, aber unser Hund war schneller: er hat sich auf den Schatten gesetzt. Weiß auf Schwarz.
Der Kerl flucht. Verdammt, jetzt ist der Schatten verdorben. Für so eine Ware zahlt die Stadt nichts. Damit kann keiner nach oben gehen.
Aha, sage ich. So ist das.
Der Kerl schlägt sich auf den Mund.

Nun, sage ich, vollends heraus mit der Sprache.
Er hält sich buchstäblich den Mund zu.
Hilft nichts, sage ich. Im übrigen kann ich mirs ja zusammenreimen: einer von euch will wieder in die Oberstadt, aber ohne Schatten ist dieser eine keiner, und niemand kann ihn sehen. Aber was will er oben? Da ihr hier nichts andres im Kopf habt als Geschäfte, wird er eben Geschäfte machen wollen.
Dreitausend Silbertaler für dich!
Herma, komm, wir gehen!
Da stößt der Kerl einen Pfiff aus wie eine Ratte, und auf diesen Pfiff hin huschen aus allen Gassen Gestalten und kreisen mich ein. Einer hat eine Taschenlampe, und damit versucht er mich zu beleuchten. Er verfolgt mich mit dem Lichtstrahl. Ich sehe kein Versteck mehr.
Der Kerl, dicht neben mir, ist bereit, meinen Schatten aufzugreifen. Ich drehe mich rasch um und reiße meinen Schatten an mich.
Der Kerl schreit: Das gilt nicht, das ist Betrug!
Aber seine Stimme erstirbt ihm, er selber schwindet hinweg, und mit ihm schwinden alle andern.
Ich will den Schatten fallen lassen, aber Herma sagt: Glaub nicht, daß die schon aufgeben, die kommen wieder, die haben hundert Jahre auf dich gewartet. Du hast ihnen die einzige Chance genommen.
Auf eine Art tun mir die Leute leid. Wie wäre es, wenn ich ihnen einen Teil meines Schattens daließe?
Was für eine Torheit. Dein Schatten ist unteilbar. Alles oder nichts. Du hast jetzt deinen Schatten auf dich ge-

nommen. Du wirst ihn durch die Unterstädte tragen. Das ist deine Aufgabe.
Sonderbar: ich habe doch immer einen Schatten gehabt und bin mir dessen nicht bewußt gewesen. Er lief hinter mir oder vor mir her wie ein guter Hund.
Täuschung. Er war immer sprungbereit. Aber jetzt wird es Zeit zu gehen. Diese Stadt ist gefährlich. Schau!
Ich sehe, daß die Gestalten uns in einiger Entfernung folgen. Sie geben nicht auf. Aber sie bekommen keine Gelegenheit mehr: es wird dunkel. Mein Schatten und ich, wir sind so schwarz wie die Nacht ringsum.
Ich bin müde. Diesmal erlaubt mir Herma eine Rast unter freiem Himmel, wenn man das, was über unsern Köpfen ist, Himmel nennen will. Hier unten gibt es kein Firmament mit Mond und Sternen. Es gibt nur eine lastende Decke in geringer Höhe über uns.
Der Hund legt sich zu mir, er wärmt mich. Halb schon eingeschlafen, sage ich zu Herma: Der Hund hat keinen Schatten geworfen, und er ist doch ganz wirklich und lebendig. Warum hat er keinen Schatten, warum hast du keinen, warum habe ich einen?
Ob Herma antwortet oder nicht, das weiß ich nicht, denn ich bin eingeschlafen, vom Hund gewärmt. Aber im Schlaf führe ich ein Gespräch mit Herma, an das ich mich beim Aufwachen erinnere. Ich habe sie gefragt, ob denn das, was ich erlebt habe bisher, wirklich war. Ihre Antwort: Was ist wirklich, was nicht, es gibt mehrere Arten von Wirklichkeit. Meine Frage: Kann man denn Wirklichkeit erfinden? Ihre Antwort: Wir tun nichts anderes

als Wirklichkeit erfinden. Schon halb wach, sage ich: Herma, ich will heute eine Wirklichkeit erfinden, die heiter ist, eine vergnügliche Wirklichkeit.
Dann bin ich ganz wach und höre Herma sagen, als seien wir noch im Traum: Versuchs, wenn du kannst.
Warum sollte ich nicht können? Hab ich doch die lustige Kinderstadt auch erfunden, oder nicht?
Doch doch.
Während des kurzen Schlafes hat sich die Landschaft verändert. Wir befinden uns am Rand eines Dorfes, das sich augenscheinlich auf ein kleines Fest vorbereitet. Schiene die Sonne oder herrschte wenigstens wirkliches Tageslicht, könnte ich glauben, ich sei auf einem der Dörfer, wie ich sie in meiner Kinderzeit kannte. Ein Dorfplatz zwischen bäuerlichen Häusern. In der Mitte der Maibaum. Auf einem Wiesenplatz außerhalb einige Wagen Fahrender. Ein Wanderzirkus. Der uns nächste Wagen ist lustig bemalt. Selbst die Räder sind bunt: jede Speiche mit einer andern Farbe bemalt. Auf dem Dach eine Stange mit einem Wimpel: ein Rad. Die indische Nationalflagge. Auf der Deichsel steht ein Mädchen, es läuft auf dem schmalen Balken hin und her. Im Wohnwagen spielt jemand auf einer Mundharmonika. Ein guter Musikant. Ich höre verzaubert zu. Auf der Wiese grast ein weißes Pferd, das viel zu lange Ohren hat. Eselsohren. Auf seinem Rücken aufgemalt ein bunter Sattel. In den Schweif geflochten Wiesenblumen.
Wenn das nicht hübsch erfunden ist! sage ich zu Herma.

Sie sagt leise: Halt deinen Schatten fest, er ist ein Störer.
Jetzt kommt aus dem Wohnwagen der Mundharmonikabläser: ein Junge, er trägt ein rabenschwarzes glänzendes Trikot. Das Mädchen läßt sein Kleid fallen, sein Trikot ist schneeweiß. Die beiden beginnen, ihre Zirkusnummer zu üben. Hübsche Akrobatik.
Der Junge hebt das Mädchen hoch, als sei es federleicht, er nimmt es bei den Händen und schwingt es seitwärts, er läßt es kreisen, immer schneller, so schnell, daß es als weiße Scheibe erscheint, dann läßt er es los mitten im Schwung, es landet zierlich auf den Füßen, steht im nächsten Augenblick kopf, schlägt ein Rad, der Junge tut das gleiche, sie schlagen Räder so schnell, daß mir vom Zuschauen schwindlig wird, es ist, als ob die Räder ineinandergreifen, bald ist das Rad weiß, bald schwarz, dann springt der Junge über das Mädchen, das Mädchen springt über ihn. Sie schlagen Räder in der Luft, sie berühren den Boden nicht mehr, das ist doch unmöglich, es ist so. Ich klatsche Beifall, ich kann nicht anders. Aber was habe ich getan? Die Kinder bleiben einen Augenblick als schwarzweißes Rad in der Luft stehen, als habe ich einen künstlichen Mechanismus abgestellt, dann schwingt das Rad langsamer, dann fallen die Kinder auf die Füße. Gott sei Dank: es ist nichts Schlimmes geschehen. Die Kinder lachen. Sie lachen mich aus, sie drehen mir lange Nasen und strecken die Zunge heraus.
Ungezogene Kinder, sage ich, aber ich muß lachen, denn wenn ich sie erfunden habe, dann habe ich sie eben unge-

zogen gewollt. Aber ich bin plötzlich nicht mehr sicher, daß sie meine Erfindung sind. Sie haben eine zwar federleichte, aber dennoch dichte, eigene Wirklichkeit. Hätte ich sie erfunden, so hätte ich die folgende Szene gewiß nicht erfunden.

Die Kinder sagen: Wir haben dir unsre Nummer gezeigt; jetzt zeig du uns die deine!

Aber ich bin doch nicht vom Zirkus, ich kann derlei nicht.

So mach doch deine Clownsnummer.

Ich bin kein Clown, was fällt euch ein. Alles was ich kann, ist reiten, aber Kunstreiterin bin ich nicht.

Auch recht, sagen die Kinder und rufen das weiße langohrige Pferdchen. Es kommt sofort, es trabt zierlich herbei oder vielmehr: geziert. Wie die dressierten Lipizzaner der Wiener Reitschule. Es bleibt vor mir stehen, verbeugt sich, schnaubt leise und einladend. Aber etwas in seinen Augen gefällt mir nicht, ich kenne diesen listigen Blick vom Reitpferd meines Vaters. Ich fürchte, dieses weiße Pferd wird mir einen Schabernack spielen. Es tänzelt mir zu sehr. Aber dann pariert es ordentlich, fällt brav in Trab, in Galopp, wieder in Schritt, nur: es geht immer im Kreis und ist nicht dazu zu bringen, diese kleine runde Arena zu überschreiten, obwohl kein Zaun, kein Seil, nicht einmal ein Kreidestrich eine Grenze zieht. Natürlich: es ist ein dressiertes Pferd, ein Zirkuspferd. Aber plötzlich bäumt es sich auf. Was hat es denn? Es schaut um, an mir vorbei. Was sieht es? Wovon wird es nervös?

Die Kinder schreien: Dein Puma!
Was für ein Puma?
Das schwarze Tier auf deinem Rücken!
Sie reden von meinem Schatten.
Halt es fest! rufen die Kinder.
Aber der Schatten will gar nicht abspringen, er will nur auf eigene Faust Akrobatenstücke machen, wie ein Kunstreiter: er steht kopf, er scheint seitlich abzugleiten, schwingt sich wieder hoch, steht wieder kopf. Was er sonst macht, sehe ich nicht, denn ich habe alle Mühe, das nervös gewordene Pferd zu bändigen. Wenn der Schwarze nur abstürzen würde! Das Pferd steigt schließlich steil hoch und wirft mich ab, aber ich lande sanft, nämlich auf einem Haufen Heu. Die Kinder lachen. Sie klatschen Beifall.
Dein Puma ist ein tolles Tier, sagt der Junge, den könntest du als große Zirkusnummer dressieren.
Das könnt ihr tun, sage ich. Wollt ihr ihn haben?
Nein nein, sagen sie, den können wir nicht kaufen, wir haben kein Geld.
Wer redet vom Kaufen? Ich schenke ihn euch.
Nein, danke, sagen die Kinder. Der würde nicht bleiben, der würde dir nachlaufen, den mußt du behalten.
Scheint so, sage ich, und spüre, wie sich das schwarze Ding, von den Kindern Puma genannt, an meinem Rükken festklammert. Nun gut, man gewöhnt sich an alles.
Die Kinder flüstern miteinander. Schon hoffe ich, sie besprechen die Sache mit dem Puma doch noch, aber den

haben sie bereits vergessen. Sie haben eine neue Nummer geplant. Das Mädchen bringt einen Korb voll kleiner Bälle, nein, Bälle sind das nicht, sondern runde Scheiben, glänzende Metallplättchen. Der Junge greift in den Korb, holt sich einige Scheiben heraus und beginnt damit zu jonglieren, zunächst ganz einfach, so wie ich es auch kann, nämlich mit drei und vier Bällen. Aber dann jongliert er mit sechs, mit acht, mit zwölf Bällen, und zwar so kunstvoll, daß immer für einen Augenblick die gleiche Anzahl in gleicher Höhe bleibt. In keinem Zirkus habe ich je derlei gesehen.

Warum aber legt plötzlich das Mädchen seine Hand auf den Arm des Jongleurs? Warum stört es ihn? Wird er nicht zornig? Nein. Er läßt sich die Bälle oder vielmehr Scheiben abnehmen. Was ist geschehen? Ein wenig später verstehe ich: etwas ist nicht geschehen, etwas wurde von dem Mädchen verhindert, wenigstens für den Augenblick, etwas wurde verschoben.

Was jetzt?

Kannst du auf dem Seil gehen? fragt mich der Junge.

Natürlich nicht, sage ich. Bin ich ein Zirkuskind?

Du kannst aber wirklich wenig, sagt der Junge.

Also hör mal: ich kann andre Dinge, eine Menge, die ihr nicht könnt. Oder könnt ihr etwa Geige spielen?

O ja.

Das Mädchen läuft in den Wagen und bringt eine Geige.

Der Junge spielt. Tatsächlich: er spielt, er kann es.

Gut, sage ich, du hast mich geschlagen, für dieses Mal. Aber kannst du Latein?

Was ist das?
Eine andre Sprache, eine alte, zweitausend Jahre alt.
Kannst du Romanes?
Was ist das?
Eine andre Sprache, dreitausend Jahre alt.
Also gut. Aber kannst du ein Buch schreiben?
Was ist das: ein Buch?
Papierblätter, auf denen Geschichten stehen.
Brauchst du dazu Papierblätter? Die weht doch der Wind weg, und das Feuer verbrennt sie. Wie unpraktisch. Die Geschichten muß man hier haben.
Er zeigt auf seinen Bauch.
Hast recht, sage ich. Seiltanzen kann ich jedenfalls wirklich nicht. Ihr könnt es gewiß.
Natürlich. Aber hast du es nie versucht?
Nein.
Ist doch so leicht.
Das Mädchen hat vom Dach des Wagens aus ein Seil so geschickt geworfen, daß es an einer Sprosse des Maibaums sich festhakte. Mir scheint das allerdings keine Sicherheit zu gewährleisten. Aber die Kinder sind sorglos. Das Mädchen geht auf dem Seil hin und her, dann schwingt sich der Junge hoch, und nun tanzen sie sehr anmutig da oben herum. Nichts Besonderes, denke ich.
Komm doch herauf, rufen sie, und wiederholen laut meinen Gedanken: Ist doch nichts Besonderes.
Nun gut: hinaufspringen kann ich, und es fällt mir leicht, wenigstens mit Händen und Füßen mich festzu-

halten. Schon bin ich dabei, so etwas wie eine Riesenwelle zu machen, da werde ich plötzlich schwer, und eine Last zieht mich vom Seil, ich falle auf den Boden. Die Kinder lachen: Der Puma! rufen sie. Er also war das Gewicht auf mir. Er hat es verhindert, daß ich mit den Kindern auf dem Seil tanzen konnte. Verdammter Schatten. Aber er hockt schon wieder still auf meinem Rücken. Die Kinder schütten sich aus vor Gelächter. Reich uns den Korb herauf, ruft das Mädchen.
Da habt ihr ihn.
Auf dem Seil stehend, beginnt der Junge wieder zu jonglieren, genau wie vorher, nur eben: er steht jetzt auf dem leicht schwankenden Seil. Warum habe ich kein Vergnügen daran? Ich bin mürrisch, vielmehr zornig, ich neide diesen Kindern ihre Kunst, ich neide ihnen ihre Leichtigkeit, ihr Lachen, ihr Leben. Verdrossen böse schau ich dem Spiel des Jungen zu. So viele glänzende Scheiben wirbelt er durch die Luft, daß sie wie eine Silberwolke erscheinen. Plötzlich fällt etwas Dunkles mitten in diese Wolke, und die Scheiben stieben als Feuerfunken in alle Richtungen, das hohe Seil wird versengt, der Junge stürzt zu Boden, vom Maibaum fallen Blumen auf ihn, das Mädchen kniet neben ihm, dann trägt es ihn in den Wagen, das Pferdchen kommt getrabt und steckt seinen Kopf in den Halfter und schirrt sich selber an, und schon rollt das Gefährt davon, lautlos, dann löst es sich auf. Auf dem Boden zurück bleiben die Blumen, die den Jungen bedeckten.
Der Schatten kommt gebückt und schuldbewußt, und

versucht so leicht wie möglich wieder auf meinen Rükken zu springen. Elender Schatten, sage ich, jetzt hast du ein Kind getötet.
Herma sagt: Der Junge ist nicht tot. Solche Kinder sterben nie. Es sind Traumkinder. Warum weinst du? Du wolltest es doch so.
Nein! Ich doch nicht. Ich bin unschuldig. Der Schatten ...
Begreifst du immer noch nicht?
Ich weine weiter. Etwas Heiteres wollte ich erfinden, und nun das da. Nein, das habe ich nicht erfunden. Du willst mir einreden, daß ich das alles erfinde. Ich glaube es nicht. Nein!
Du hast recht und auch nicht. Du erfindest es nicht, du findest es. Was außen ist, das ist zuerst innen, und was innen ist, wird ein Außen.
Glaube ich so nicht. Anders: Was außen ist, spiegelt sich im Innern.
Wie willst du Innen und Außen unterscheiden? Auf unsrer Seite der Grenze gibt es nicht Oben und Unten, nicht Drinnen und Draußen, nicht Früher, nicht Später. Du hast noch viel zu lernen. Komm!
Schon eine Weile, während des Gesprächs, höre ich ein Geräusch, das mich an meine Kinderzeit erinnert: ein rhythmisch an- und abschwellendes Kreischen, Sirren und Klingen, bei dem es mich kalt überläuft, das mir aber zugleich aufregend angenehm ist: der Scherenschleifer im Hof hinter unserm Haus. Die stumpfgewordenen Messer und Scheren, an den nassen kreisenden Schleif-

stein gehalten, gaben dieses Geräusch, das zu hören ich geradezu süchtig war, denn es klang mir wie eine fremde Musik.

Jetzt kommt dieses Geräusch aus der Erde unter meinen Füßen. Hier muß eine unterirdische Fabrik sein. Bin ich wieder einmal dabei, etwas Unangenehmes zu erfinden? Das Geräusch zieht mich unwiderstehlich an. Herma deutet auf eine Stelle, die der Einstieg ist. Eine steinerne Treppe führt steil in die Tiefe. Nicht abzusehen, wie tief es da hinuntergeht. Es wird immer dunkler. Der weiße Hund, der vorausgeht, leuchtet wie ein schwaches Grubenlicht. Der Lärm wird immer stärker, je tiefer wir kommen. Schließlich stehen wir vor einer Eisentür. Beim Öffnen überfällt uns ein höllischer Lärm, und Funken sprühen uns entgegen, Metallteile glänzen auf, blaue Blitze schießen kreuz und quer, Wasser zischt, Hämmer schlagen auf Metall. Eine Schmiede. Hier arbeiten Leute in schwarzen Kitteln. Sie stehen in einer langen Reihe mit dem Rücken zu uns, sie arbeiten an einem Fließband, das kleine Metallteile herbeischafft. Jeder Arbeiter greift mit der rechten Hand rasch nach einem der vorbeitreibenden Metallstücke, reißt es an sich, wechselt es über in die linke Hand und hält es an einen runden Schleifstein, der über seinem Arbeitsplatz aufgehängt ist und den jeder durch Treten eines Pedals unterm Fließband in Schwung hält, dann wirft er das angeschliffene Stück auf ein zweites, paralleles, aber gegenläufiges Fließband, das weiterbefördert, aber nach kurzer Zeit wieder zurückbringt. Trotz des Funkenge-

sprühes wage ich mich näher. Ich sehe, daß die Metallstücke rund sind: Münzen, ohne Zweifel, Silbermünzen, jedoch ungeprägte und, wie mir scheint, beschädigte. Offenbar sollten die Schadstellen abgeschliffen werden. Aber solange ich auch stehe und beobachte: nie wird ein Stück glatt geschliffen. Die Stücke kommen an, werden an den Schleifstein gehalten und treiben spurlos weiter. Das Metall widersteht dem Schleifen. Vergebliche Arbeit also. Wozu? Warum? Unmöglich, mit einem der Schleifer zu reden. Sie hören mich nicht, der Lärm ist höllisch, eine Pause gibt es offenbar nicht.
Gehen wir, Herma!
Noch ehe wir die Eisentür erreicht haben, drehe ich mich noch einmal um, als sei ich gerufen. Die Schleifer haben sich alle nach mir umgewandt und, ohne die Arbeit zu unterbrechen, schauen sie mir nach: ihre Augenhöhlen sind leer und schwarz wie Brandstätten. Blinde. Aber nicht Stumme: sie schreien mir etwas nach. Schreie wütender Verzweiflung. Herma zieht mich hinaus. Ein Hagel von Metallstücken prasselt gegen die Eisentür. Der Lärm folgt uns über die Treppe, bis hinauf, und noch ein Stück weiter, es scheint, als breite er sich unter dem Erdboden immer weiter aus wie ein unlöschbarer Schwelbrand, der den Boden zu durchbrechen versucht. Ich spüre, wie die Erde unter mir in Wellen bebt. Weit und breit kein Mensch.
Oder doch? Da kommt jemand. Ich halte es für ein hüpfendes Tier. Es ist ein Kind, das gelaufen oder vielmehr gehüpft kommt. Es hüpft über die Bodenwellen, die das

Erdbeben erzeugt, als sei das ein Spiel, eigens für ein Kind ersonnen. Schon von weitem ruft es: Endlich kommt ihr! Ich warte schon vierhundert Jahre auf euch!

Kleiner Schwindler, sage ich; du meinst vier Stunden.

Vierhundert Jahre, sagt es ernsthaft, hüpft aber dabei weiter, obwohl das Erdbeben sich beruhigt hat und die Erde keine Wellen mehr aufwirft.

Das Kind, ein Junge, deutet in die Richtung, aus der wir kommen: Waren sie bösartig? Nein? Da habt ihr Glück gehabt. Die haben nur nicht gesehen, wer du bist, sie sind ja Geblendete.

Was haben sie gegen mich?

Sie haben gegen dich, daß du lebst.

Wie das?

Du gehörst zur Familie.

Ich verstehe nicht. Wer sind denn diese Leute?

Frag lieber nicht. Sei froh, daß sie dich nicht erkannt haben.

Sie haben sie erkannt, sagt Herma, doch zu spät. Aber gehen wir lieber weiter. Du sollst uns doch wohl irgendwohin führen?

Richtig, sagt das hüpfende Kind.

Aber, sagt es zu mir, du kannst mir mal das Ding geben, es ist ja ganz schön schwer, und der Weg ist noch ein paar Jahre weit.

Ehe ich verstanden habe, hat das Kind nach meinem Schatten gegriffen und ihn sich unter den Arm geklemmt, als wärs eine schlecht ausgestopfte Katze. Was

für eine Erleichterung. Jetzt hüpfe auch ich. So hüpfend kommen wir sehr rasch vorwärts, bis wir vor einer hohen Mauer anlangen.
So, sagt das Kind, weiter darf ich nicht, jetzt mußt du das Ding wieder selber tragen. Es wirft mir den Schatten zu. Immerhin fühle ich mich jetzt gekräftigt.
Das Kind deutet in die Höhe, dann verschwindet es hüpfend in einer Steinspalte, die zu schmal ist, als daß irgend jemand sonst sich durchzwängen könnte.
Ich schaue, was sich da oben, von dem Kind angezeigt, befindet. Unser Hund hat es schon gesehen, er verbellt es heftig. Meint er das Steinrelief über dem Torbogen?
Es ist verwittert, aber ich erkenne das Dargestellte. Ein ungemütliches Bild. Eine Sumpflandschaft mit zwei starrenden Steintürmen, davor ein Steinbecken, wasserlos, ein Krebs darin, offenbar tot, neben dem Becken rechts und links je ein Steinhund, der nach oben bellt, genauso wie es unser Hund tut, doch sie bellen lautlos, sie bellen etwas am Steinhimmel an: den Vollmond mit dem Gesicht eines Menschen, als Augen runde Silbertaler, glänzend poliert, inmitten der übrigen Verwitterung, und diese Silberaugen blicken auf mich. Sie sind lebendig, sie bewegen sich, sie zwingen mich, ihren Blick auszuhalten, sie wollen mich zwingen, über die Steinschwelle zu treten, ich sträube mich, aber das hüpfende Kind gibt mir einen Stoß nach vorne. Herma und der Hund treten nicht mit ein, und das Kind verschwindet. Ich bin ganz allein.
Vor mir sehe ich jetzt ein Denkmal, das aus zwei stump-

fen Türmen besteht und das Motiv auf dem Steinrelief wiederholt. Sogar das leere Steinbecken finde ich wieder und den toten Krebs. Auf dem Denkmal steht in schwarzen Lettern aus Metall: Hic jacet. Aber kein Name. Dafür eine Jahreszahl: 1580. Was soll das heißen? Hier liegt ein Jahr begraben? Oder soll es heißen: die Ernte eines ganzen Jahres? Oder vielleicht die Menschen, die in diesem Jahr an diesem Ort starben? War das etwa ein Katastrophenjahr?

Ich gehe weiter. Vor mir liegt ein Friedhof. Er ist sehr groß, er ist unabsehbar. Lauter gleich große schwarze Steinplatten und darauf liegende Figuren. Ich halte sie für Steinfiguren, aber es sind keine, es sind Mumien; Tote, die nicht unter der Erde liegen, sondern auf ihr. Sie tragen alle schwarze, ledergegürtete Anzüge mit Kapuzen, welche die Gesichter fast ganz bedecken. In den lederbraunen Händen halten sie einen Hammer und einen Meißel. Hunderte. Aberhunderte. Ein riesiges Totenfeld. Aber auf den Grabplatten kein einziger Name. Hic jacet. Der Namenlose. Viele fur einen, einer für viele. Ungenannt die vielen, ungenannt der eine. Ein kalter Wind fegt in Stößen über das Gräberfeld.

Einer der Windstöße trägt eine Person herbei, aber sie kommt rückwärts gehend. Der Krebs. Er geht dabei so sicher, als sähe er den Weg vor sich.

Er kommt näher, doch nicht nahe. Aus einiger Entfernung, und ohne das Gesicht mir zuzuwenden, spricht er in den Wind, so daß ich ihn nur mit Mühe verstehe, zumal er auch Mittelhochdeutsch spricht, vermischt mit einem mir unbekannten Dialekt. Ich muß mir die vom Wind zerfetzten Wörter zusammensetzen, bis sie einen Sinn ergeben. Es gelingt mir nach und nach. Der Mann stellt mir eine Frage, und da ich sie nicht verstehe, wiederholt er sie wieder und wieder, bis ich verstehe: Haben sie dich endlich gefunden, und jetzt haben sie dich hierher geschickt, um Rechenschaft zu fordern. Frage!

Was soll ich fragen, worüber sollst du Rechenschaft geben?

Er hebt den Arm, welcher in einem weiten schwarzen Ärmel steckt, der nun, hochgehoben, sich wie ein dunkler Flügel ausbreitet, der über das Gräberfeld hinwischt.

Die Meinen! sagt der Mann.

Deine Familie?

Die Meinen.

Und wer sind sie?

Du siehst es.

Bergleute, dem Anzug nach. Und wer bist du?

Sie nannten mich den Bergwerksvater.

Sie nannten dich so. Warst du es?

Keine Antwort.

Du sagst, die Deinen nannten dich so. Du hast also damals mit ihnen gelebt. Das war im Jahr 1580. Die Deinen sind in jenem Jahr gestorben. Du hast überlebt. Warum nur du? Warum starben die Deinen? So viele Menschen in einem einzigen Jahr? Du hast gesagt, ich sei gekommen, um Rechenschaft zu verlangen. So gib sie denn! Woran starben sie? War es ein Pestjahr? Oder war es nicht vielmehr eine Katastrophe, die über sie hereinbrach?

Meine Stimme ist scharf und schärfer geworden, es ist nicht mehr die meine, jemand spricht in meinem Rücken mit schrecklicher Autorität, ist das mein Schatten?

War es nicht ein Gruben-Unglück, was die sogenannten Deinen mit einem Schlag tötete? War der Ort, an dem das Unglück geschah, dein eigenes Bergwerk? War es ein Silberbergwerk? Und du warst der Besitzer, du warst der Verantwortliche, der Schuldige?

Ich erwarte, daß er unter der Anklage zusammenbricht, aber er hebt nur die Arme, beide jetzt, so daß die weiten Ärmel zu schwarzen Schwingen werden. Schon denke ich, er fliege auf und davon, sich der Anklage zu entziehen, da wendet er sich um und zeigt mir für einen Augenblick Gesicht, Hände und Arme: sie sind verkohlt.

Aber du hast überlebt, sage ich unversöhnlich.

Er dreht sich wieder um, und im Umdrehen sagt er: Einer muß büßen. Der Bergwerksvater lebt und bewacht die Seinen. Und du geh jetzt, denn jetzt kommt der Winter, es wird dunkel, und keiner findet mehr hier hinaus.

Er hebt seine weiten Ärmel hoch und schüttelt sie. Es wird kalt, Schneeflocken fallen heraus, und eine graue frostige Dämmerung bricht ein. Rückwärtsgehend verschwindet der Verkohlte in der Dunkelheit. Aber von weither kommt noch seine Stimme: Geh in die nächste Stadt und zur Kirche am Markt, dort findest du Auskunft. Die Grabplatten sprechen.

Die Dunkelheit fällt ein, aber nur über das Gräberfeld, außerhalb der Mauer ist es noch Tag, wenngleich trüb. Am Ende der Friedhofsmauer steht ein Turm, der genau dem Nordost-Turm der Oberstadt gleicht. Auf den Zinnen steht der Verkohlte und weist nach Norden, wo sich im trüben Licht eine Stadt abzeichnet. Sie ist offensichtlich seit langem unbewohnt, doch zeigt sie keine Spuren einer Katastrophe, sondern nur jene eines natürlichen Verfalls: vermoderte Türen und Fensterläden, dick verrostete Eisengitter, graue Vorhänge aus Spinnweben über völlig blinden Fensterscheiben, abgefallener Mauerputz, die einstmals kopfsteingepflasterten Gassen sind dick mit angewehtem Sand bedeckt, vom Dach gestürzte Ziegel. Keine Spur von Leben, kein Gras, nicht einmal Moos, keine Tierspuren, nicht einmal das Huschen einer Maus. Nie habe ich eine Stadt gesehen, die so tot wäre wie diese. Selbst die Geräusche unsrer Schritte sterben im Sand. Wir suchen jene Kirche auf dem Markt, zu der uns der Verkohlte gewiesen hat. Eine uralte Kirche, halb im Boden eingesunken. Das Portal verschlossen. Schwere Eisenriegel vorgeschoben, jedoch so vom Rost zerfressen, daß es keiner Gewalt bedürfte, um sie zu zerbrechen, wollte man die Kirche betreten. Ich will es nicht. Was anzuschauen aber befahl mir der Verkohlte? Die Grabplatten, die in die Kirchenmauern eingelassen sind? Irgendwelche Fürsten, Kriegsherren, Bischöfe, verwittert, mit abgeschlagenen Nasen und blinden, staubgefüllten Augen, Spruchbänder in gotischen Lettern, was interessiert mich das alles. Muß ich mich dafür interessieren? »Dort findest du Auskunft«, hat der Verkohlte gesagt. Aber die Steinplatten sagen mir nichts. Schon habe ich die Kirche fast umwandert, als plötzlich mein beinahe vergessener Schatten unruhig wird. Jetzt sehe ich zwei große Grabplatten mit aufrecht stehenden Figuren, je einem Paar, und unter jeder der großen Platten eine kleine. Diese vier Platten sind offensichtlich viel jünger und zudem aus einem andern Gestein: nicht aus grauem Sandstein, sondern aus rötlichem Marmor. Die beiden stehenden Paare stellen offensichtlich Reiche und Mächtige dar. Sie tragen Kleider mit kunstvoll in Stein gehauenen Falten, auch ist der Pelzbesatz zu erkennen. Jede der vier Figuren hält mit beiden Händen über dem vorgewölbten Bauch einen großen Beutel. Zu Füßen jeder Figur kauert ein kleines affenähnliches grinsendes Wesen, das mit spitzem Zeigefinger ein Loch in den Beutel bohrt, so daß Münzen herausfallen, offenbar von den Stehenden unbemerkt. Die zwei kleinen Platten sind wie erdrückt von den großen: in je eine Art niedriger Dachschräge unter einem schweren Balken kauert ein Mann, zusammengepreßt in engstem Raum, der ein Kerker sein kann. Die Gesichter der beiden Eingekerkerten sind von Schmerz oder Haß verzerrt. Bauerngesichter. Gesichter aus dem armen Volk. Die Situation ist klar. Oder doch nicht? Wer sind die Affen, von deren Tun weder die mächtigen Reichen noch die unterdrückten Armen Kenntnis nehmen? Warum bohren die Affen nicht ein Loch in den Boden, so daß die Münzen, die aus dem Beutel der Reichen fallen, zu den Armen gelangen? Wer sind diese Leute? Die Armen sind namenlos. Aber die Reichen, wer sind die? Um eine der großen Platten läuft ein Schriftband, es sind fremde Lettern, ich kann sie nicht entziffern, sie scheinen Hebräisch. Aber am untern Ende steht in gotischen Lettern ein Name: Abram Liljeborg. Der Name meiner Ur-Ur-Großeltern mütterlicherseits. Plötzliche Erinnerung: im Haus meiner Großeltern ein Ölbild: der Mann trägt das Käppchen eines Rabbiners. Und sah ich dieses Bild nicht wieder im Hotel Michaelshof?

Um die zweite Steinplatte läuft ebenfalls ein Schriftband, dieses in Latein, in Lettern, die ich entziffern könnte, wären sie nicht zum Teil unlesbar gemacht worden, mit Gewalt, wie es die scharfen Meißelspuren zeigen. Von vielen Wörtern waren nur einige Buchstaben, sogar nur Reste von Buchstaben geblieben. Ich verbringe viel Zeit damit, aus Wörtern und Wortteilen einen Sinn herauszufinden. Einiges wird mir klar: poenitentia, pondus, argentarius, jus voca, puella. Dazu ein Name, der von Meißelhieben offenbar in einem Anfall von Wut fast ganz zerstört worden war. Ich lese: Geo... Pfalzgraf von... und Ag..., was vielleicht Agathe oder Agnes heißen mochte und der Name der Frau war, die mit dem Mann auf der Steintafel abgebildet war. Das Gesicht dieser Agnes oder Agathe ist von deutscher Lieblichkeit wie das einer gotischen Madonna, aber einer früh gealterten. Es erinnert mich an das Gesicht meiner Mutter. Die beiden Figuren sind, soweit man das noch sehen kann, reich gekleidet, und der Mann hat die Kette eines Amtsträgers

um den Hals. War er ein Adeliger oder ein Bürgermeister? Sein Gesicht kenne ich: diese hohen Backenknochen, diese Buckelnase, diese tiefen Kerben längs des Mundes, das hat sich in unsrer Familie vererbt bis auf meinen Onkel, den Auswanderer, den Verschollenen.
Da hatte ich sie also beisammen, meine Ahnen aus alter Zeit. Und beide Familien im selben Jahr gestorben: 1681. Ein Jahr nach den Katastrophen-Toten starben zwei Familienhäupter. Sind das Mosaiksteine, die zusammenpassen? Reiche mächtige Leute, die Geldsäcke, die beutelstechenden Affen, die eingesperrten Armen, und auf einer der Tafeln das Wort poenitentia und das Wort puella. Geht mich das was an? Nein. Nein. Wenn die da, meine Ahnen, meinen, diese puella sei ich und ich müsse poenitentia leisten, dann irren sie. Möge büßen, wer Schuld auf sich geladen hat. Jeder die seine. Und überhaupt: wie sollte die Sühne nach rund vierhundert Jahren aussehen? Die ist ohnehin verjährt. Warum sagst du nichts, Herma? Habe ich recht oder nicht?
Herma deutet schweigend auf meinen Schatten, der dabei ist, sich davonzumachen. Die Flucht gelingt ihm nicht, der Hund holt ihn zurück. Und wie er schleppt an dem schwarzen Ding. So schwer ist es doch nicht. Das hüpfende Kind hat es doch so mühelos getragen.
Dummer Hund, hättest du das Ding doch laufen lassen! Er legt es mir zu Füßen. Es springt auf und nimmt seinen Platz auf meinem Rücken wieder ein. Es ist viel schwerer und unförmiger geworden.
Herma, ich denke nicht dran, den Schatten meiner Urah-

nen herumzuschleppen. Ich erkläre ein für alle Male, daß ich mit denen da nichts zu tun habe.
Ich drehe mich nach »denen da« um, aber die oberen Tafeln sind leer, als sei da nie etwas gewesen. Doch sind die unteren noch da. Aber die Geldsäcke und die Affen sind jetzt bei ihnen, und schon bohren die grinsenden Affen wieder Löcher, und die Münzen fallen heraus wie Bohnen aus einem löcherigen Sack. Jetzt sehe ich noch etwas anderes: einer der Unteren schiebt sich langsam nach oben an den leergewordenen Platz meines Urahns, des Pfalzgrafen.
Das Spiel geht also weiter. Aber was gehts mich an? Ich weiß jetzt genug. Ich weiß sogar, was die Ursache für den Einsturz des Nordost-Trakts der Oberstadt ist: das Grubenunglück im Bergwerk. Seit dem Katastrophenjahr hat die Erde sich nicht mehr beruhigt. Sie bricht immer wieder ein, und natürlich immer an derselben Stelle. Da hilft kein Ausbessern mehr. Ich finde, ich kann jetzt in die Oberstadt zurückkehren. Ich überbringe die geforderte Auskunft.
Herma sagt: Das ist nur ein Teil dessen, was zu wissen ist. Wir sind auf halbem Weg.
Du meinst, wir haben die Hälfte der Reise zurückgelegt. Das ist immerhin tröstlich, das zeigt Anfang und Ende und Mitte. Also, gehen wir weiter.
Noch nicht.
Was denn noch?
Herma deutet auf das Portal der Kirche, das sich jetzt öffnet. Eine Gestalt löst sich aus dem trüben Dunkel des

Schiffs, bleibt aber im Schatten, doch sehe ich, daß sie eine feierliche Kleidung trägt: eine Richterrobe, nein, ein kultisches Gewand. Der so Gekleidete winkt mir, näherzukommen.

Herma, was will der Mann?

Er will, daß du dich mit deinem Schatten verbindest.

Was heißt hier: verbinden?

Es heißt ja sagen zur conjunctio cum adversario.

Wie bitte? Warum sprichst du Latein mit mir?

Die Zeremonie wird in Latein stattfinden.

Hör jetzt auf mit dem Unsinn. Ein Mensch kann keinen Schatten heiraten.

O doch.

Also, ich spiele das Spiel ein wenig mit. Gesetzt den Fall, ich kann einen Schatten heiraten, dann darf es aber nicht dieser da sein. Er ist häßlich und rußschwarz und bucklig. Ich werde ihn in der Hochzeitsnacht ermorden mit meinen eigenen Händen. So!

Du sollst jetzt ernst sein. Die Hochzeit mit dem Schatten ist ein entscheidender Augenblick im Leben eines Menschen. Nicht jeder bekommt die Gelegenheit zur coniunctio integer. Überleg das Ja und das Nein.

Da gibts nichts zu überlegen. Ich heirate keinen Schatten und den schon gar nicht, der nicht mal mein eigener ist, sondern der von diesen Herrschaften da und wer weiß von wem noch, von der ganzen Sippschaft. Nein nein.

Aber wenn davon sehr viel abhinge für dich und für die Oberstadt?

Ich sage, vielmehr schreie laut: Nein nein dreimal nein!
Schade, sagt Herma.
In diesem Augenblick verschwindet der Mann im Kirchenschiff, das Portal schlägt zu, die Kirche verschwindet, die ganze Stadt verschwindet wie nie gewesen, wir stehen auf freiem Feld.
Ein Traum, sage ich erleichtert.
Wohin jetzt, Herma?
Geradeaus.
Aber da ist kein Weg.
Wir gehen immer weglos, und wo wir gehen, ist immer ein Weg.
Herma, was riecht denn so?
Ein Wind hat sich erhoben. Er trägt uns einen abscheulichen Geruch nach Fäulnis und Jauche entgegen. Jetzt sehe ich: der Himmel über uns ist kein Himmel mehr, er war in den Unterstädten immer schon eher eine einförmig graue flache Decke, jetzt hängt er niedriger und schwerer als zuvor über dem ebenfalls grauen und flachen Land. Dieser lastende Himmel öffnet sich jetzt, ein viereckiges Loch zeigt sich, und aus diesem Loch fällt etwas, das zweifellos stinkender Unrat ist, er häuft sich vor uns rasch auf zu einem Hügel, einer Müllhalde.
Herma, zurück!
Aber auch hinter uns hat sich ein Müllhügel aufgehäuft und nicht nur das, auch von rechts und links sind wir eingesperrt. Ich schreie vor Entsetzen. Ich erwarte, daß der nächste Schub von oben auf uns fällt.

Nun? sagt Herma.

Was heißt hier: nun?! Ich will hier heraus, sofort!

So geh!

Hier durch? Weglos?

Siehst du den Weg nicht?

Es gibt einen Weg, der aber so schmal ist, daß man Fuß vor Fuß setzen muß, als balanciere man auf einem Balken. Ein einziger Fehltritt, und man berührt den Unrat. Ich beginne diese abscheuliche Gratwanderung, weil mir nichts andres übrig bleibt. Ich halte mir die Nase zu, aber der Gestank ist zu stark. Ich bemühe mich verzweifelt, nicht nach rechts und links zu schauen, aber ich sehe doch einiges von dem, was da liegt: eine kaputte Schreibmaschine, ein halbverkohltes Kontobuch, eine Registrierkasse, eine von Ratten angefressene Katze, ein zersprungenes Faß mit verfaulten Fischen, ein menschlicher Embryo, schon halb verwest, schmutzige Wäsche, gebrauchte Präservative, leere Syringen, menschliche Exkremente, Plastiksäcke, in denen sich etwas bewegt, alles bewegt sich, es sieht aus wie kochender Brei, die Ratten sind am Werk, aber das sind nicht nur Ratten, das sind ja Menschen! Menschen, die über und über besudelt sind, so daß sie sich kaum vom Unrat unterscheiden. Bisweilen schütteln sie den Unrat ab, soweit möglich, dann sieht man, daß sie gut gekleidet sind, einige tragen sogar Smoking, andre Frack, andre den ehemals weißen Berufskittel von Ärzten, einige die Richter-Robe, einer eine Mönchskutte, einige haben militärische Uniformen mit Orden, die meisten tragen sichtlich teure bürgerliche

Kleidung, einige Frauen die Abendkleider der heutigen Mode.
Was tun die denn? Sie wühlen im Müll. Von Zeit zu Zeit stößt einer einen kurzen spitzen Schrei aus, der einem Rattenpfiff gleicht, und dann steckt er etwas in seinen Sack, aber schon eilen andre herbei und versuchen, ihm den Sack zu entreißen, obwohl jeder seinen eigenen hat. Dabei stoßen sie sich um und wälzen sich im Unrat, auch jene in Smoking, Frack und Abendkleid. Plötzlich sieht uns einer, stößt einen lauten Pfiff aus, und alle stieben davon wie eine Horde Affen. Eine neue Ladung Müll fällt herunter.
Um Himmels willen: was für Leute sind das, und was suchen die im Müll?
Das da, sagt Herma, und stößt mit dem Fuß etwas beiseite: ein rundes Stück Metall. Eine Silber-Münze. Ich bücke mich, um sie aufzuheben, aber Herma reißt mich zurück.
Untersteh dich, das Ding anzurühren! Oder willst du unter die Müllmenschen gehen?
Jetzt möchte ich wissen, warum du mich in diese stinkende Dreckswelt geführt hast. Was soll das? Was geht dieser Unrat mich an?
Er kommt aus der Oberstadt.
Und?
Die Oberstadt ist deine Stadt.
So, und der Dreck der Oberstadt ist vielleicht mein Dreck? Nein, damit habe ich nichts zu schaffen. Ich bin nicht aus dieser Stadt, was da fällt, ist nicht mein Unrat,

verstanden? Was schaust du mich so an? Ich lasse mir das nicht länger gefallen. Gib mir jetzt den Rückweg frei!
Du bist frei.
Lüge! Du zwingst mich, dir zu folgen.
Irrtum: ich folge dir. Du hast die Grenze überschritten, du hast gewählt.
Sie wischt mir ein paar Dreckspritzer von der Jacke, aber ohne den Stoff zu berühren, sie bewegt nur ihre Hände über den Flecken. Die Müllhalden verschwinden, der Gestank bleibt noch eine Weile in der Luft, dann ist alles vorüber.
Was für ein scheußlicher Alptraum. Was lächelst du, Herma? Dein Lächeln macht mich wütend. Ich könnte dich ermorden.
Das ist unmöglich.
Wieso?
Weil ich Du bin.
Was zum Teufel soll das heißen?
Das, was es heißt. Du bist dümmer, als ich dachte. So, und jetzt gehen wir. Vielleicht erfindest du jetzt etwas Besseres als Müllhalden, Ratten und Unratmenschen.
Als ob ich das wäre, die erfindet. Nun gut, meinetwegen, lassen wir die Frage offen. Erfinden wir gemeinsam etwas Hübsches, zum Beispiel, ja was denn, sagen wir einen Kurpark mit einem Pavillon und einem Orchester, danach steht mir jetzt der Sinn.
Da ist der Park. Eine lange gerade Straße. Rechts und links mannshohe Säulen, Stelen mit Köpfen. Erinnert an den römischen Pincio. Nur sind die Säulen nicht aus

Stein, sondern aus Holz: Baumstrünke, vor kurzem abgeschnitten, noch sieht man die Spuren von Säge und Axt, und goldenes Harz rinnt aus den frischen Wunden. Lauter gesunde Bäume, die hier wuchsen und da und dort noch einen schwachen Versuch machen, wieder auszutreiben. Auf die Schnittflächen gesetzt Steinköpfe, roh behauen, Männerköpfe ohne Gesichter, fremd, aber ich erkenne sie doch, ich bin hellsichtig geworden. Ich sage jedem seinen Namen ins nichtvorhandene Gesicht. Da hilft keinem die Tarnung: sie sind auch ohne Gesicht kenntlich. Es gibt da eine gewisse fatale Familien-Ähnlichkeit, schwer zu bestimmen, aber unleugbar vorhanden. Ich muß nur die Jahreszahlen ablesen, die ihnen in die Stirn eingemeißelt sind.
1499: Du, ehrenwerter Ur-Ur-Ahn, warst Bankier unter den Augsburger Fuggern, und mit ihrem Vermögen hat sich das deine in wenigen Jahren um das Zehnfache, dann um das Zwanzigfache vermehrt, du hast den europäischen Kupfermarkt kontrolliert (Kontrolle habt ihr es genannt, wir nennen es Ausbeutung), und dann hast du deinem Freund Fugger beigebracht, die Geschichte mit den Ablaßgeldern an sich zu reißen: für soundsoviel Gulden erkauft man sich Nachlaß der Sündenstrafen im Fegfeuer, geglaubt hast du das nicht, aber Geld hast du gemacht damit, und deinem Freund Fugger hast du geraten, den Krieg gegen Venedig zu finanzieren, und das Blut an deinen Goldstücken hat dich nicht gestört.
1500: Und du, Ur-Vetter, hast dich Martin Luther angeschlossen, als er sich plötzlich gegen die Bauern stellte,

und hast dir ein paar Bauerngüter angeeignet und die Bauern verjagt.
1514: Und dein Bruder, der Zechgenosse Ulrichs von Württemberg, hat den Aufstand des Bauernbunds, »Armer Konrad« genannt, blutig unterdrückt und sich dafür bezahlen lassen, natürlich.
1560: Und du, du bist mir besonders bekannt: du warst Besitzer von Silberbergwerken. Womit hast du deinen Reichtum erworben, der sich bis in unser Jahrhundert hinein in unsrer Familie gehalten hat? Warum sind deine Bergleute arm geblieben, während du reich und reicher wurdest, wie ging das denn zu? Rechtens nicht.
1580: Oh, diese Jahreszahl, die kenne ich, ja, und dich auch, du, der sich Bergwerksvater nennen ließ und der schuld ist an der großen Gruben-Katastrophe, weil du deine Gruben nicht genügend abgesichert hattest. Du, der Mörder von vielen hundert Bergleuten!
1621: Und du, tüchtiger Urahn, hattest den glorreichen Einfall, dem Münsteraner Fürstbischof zu raten, den Säckel zu füllen mit dem Verkauf nicht von Ware, nein, von Menschen. Siebentausend Untertanen verkauft als Söldner an andere Staaten: das hast du geleistet. Wie groß war dein Gewinn-Anteil?
1665: Dich kenne ich von einem alten Stich, den meine Großmutter aufbewahrte. Du bist der, welcher die Girobank in Nürnberg gegründet und die Silberdekkung eingeführt hat. Schöne Zusammenarbeit mit deinen Verwandten, denen ein paar Silberbergwerke gehörten.

1670: Deinen Namen kenne ich, Herr von Schröder. Woher hast du dein Von, das sich in unsrer Familie vererbte bis heute, zusammen mit deinem Kampf gegen die Zünfte? Daher, daß du auf dem Reichstag mitgewirkt hast, daß das Zunftwesen fast ganz aufgelöst wurde und alle Wirtschaftsmacht, das heißt alles Geld, in Händen der reichen Besitzenden blieb, auf Kosten des Kleinhandels. Dafür also das Von! Schöner Adel. Habe ich nicht einmal in der Bibliothek meines Großvaters einen alten, ledergebundenen, von Wurmspuren minierten Folianten gefunden, den du geschrieben hattest, »Fürstliche Schatz- und Rent-Camer nebst einem Traktat vom Goldmachen«, was gar nicht alchimistisch gemeint war, sondern ganz simpel und brutal davon handelte, wie man sich bereichern kann durch Merkantilismus. Du Händler du! Großkrämer du!
1812: Du bist in die USA ausgewandert. Eine Frage: wem gehörte der Boden, den du dir genommen hast? Den Indianern. Und wo sind diese Indianer? Ausgerottet, den Rest in Reservate gesperrt.
1902: Dich kenne ich von dem großen Foto, auf dem du neben Krupp stehst, als er, auf deinen gutbezahlten Rat hin, die Germaniawerft aufkaufte und die Hüttengesellschaft, und dann wurde, mit deiner menschenfreundlichen Hilfe, Berta Krupp die reichste Frau Deutschlands, neben dem Kaiser Wilhelm II., und du hast zu den 30 Millionären gehört, die es in Deutschland gab, und dein Sohn blieb reich, und deine Enkel, die Waffenfabrikanten, sind heute wieder reich, und produzieren und ver-

kaufen Waffen zum Töten von Menschen, die keinen Krieg wollen. Das bist du!
1906: Du gingst nach Deutsch-Ost-Afrika und hast dir ein schönes Stück Land unter den Nagel gerissen.
1908: Und du, warst du nicht einer der führenden Köpfe in der Firma Mannesmann, die in Marokko sich die Konzessionen auf Erzlager sicherte, wobei es undurchsichtig zuging, und nachher wurde, zum Schutz deutschen Firmenbesitzes das Kanonenboot ›Panther‹ nach Agadir geschickt, und in der Welt wuchs die Angst, das war im Jahr meiner Geburt.
1932: Und du da, du hast Hitler mitfinanziert und bist nach dem Krieg recht bald wieder ... Ach zum Teufel. Was für eine Familie. Kein Wunder, daß der Schatten so groß ist, so schweinisch fett gemästet.
Ich werfe einen Blick zurück in diese Allee, da fällt einer nach dem andern von der Stele wie unterm Streich des Scharfrichters. Die Scherben werden vom Wind weggefegt. Ich bin zu Tode erschöpft.
Herma, ich wollte einen heiteren Kurpark erfinden, und jetzt das da ... Ich muß das vergessen. Laß es mich vergessen, zudecken mit etwas Hübschem; da vorn ist ein Pavillon, nicht wahr, ein rundes Tempelchen, und da sitzt das Orchester, Streicher und Bläser, Harfenisten und Schlagzeuger, und da steht der Dirigent, alle spielen, ich seh es doch, aber bin ich denn taub, ich höre nichts, aber, im Näherkommen höre ich etwas: ein hartes hölzernes Tick-Tack.
Schlägt da der Dirigent taktgebend mit seinem Stock

aufs Pult? Was für eine grobe dilettantische Art zu dirigieren. Aber das ist ja gar kein Dirigent, das ist ein Metronom in Menschengröße. Jetzt steht der erste Geiger auf, tritt neben das Metronom, spielt einen Solopart, den ich nicht höre, aber dann sehe ich, daß das Metallpendel dem Musiker die Geige aus der Hand schlägt und ihn selbst zu Boden streckt. Der Orchesterdiener kommt und schleift den Musiker hinter den Pavillon. Die Geige stößt er mit dem Fuß über die Rampe, wo sie zerfällt. Schon ist der Solo-Bratscher aufgetreten, spielt, wird niedergestreckt und mitsamt der Bratsche weggeschleift. Nun die übrigen Streicher, dann die Blechbläser, die Holzbläser, zuletzt bleiben die Schlagzeuger, die nun ihrerseits das Metronom in Stücke schlagen und wegschleppen. Der Orchesterdiener stößt mit dem Fuß an eine Säule des Pavillons, und der ganze zierliche Bau fällt in sich zusammen. Dann kommen Leute, die offenbar nach den Instrumenten suchen, und da sie nur mehr Teile finden, trostlos hockenbleiben, bis der Orchesterdiener sie verscheucht, als sei es eine Herde von Schafen.
War das nun heiter? fragt Herma.
Mir gelingt nichts Heiteres. Was ich da erfunden habe, erkenne ich: es ist eine bösartige Variante von Haydns Abschieds-Symphonie. Aber die Szene war zumindest eine Abwechslung, oder? Wissen möchte ich, wie lang diese Reise noch dauert. Wie lang sind wir eigentlich schon unterwegs?
Kürzer und länger, als du denkst. Die Zeit ist ein unzuverlässiges und unzulängliches Maß.

Aber als relatives Maß doch zu gebrauchen: Sagtest du nicht zuvor, wir haben die Hälfte unsrer Reise hinter uns?
Du hast das zu hören geglaubt. Aber was ist das: die Hälfte? Es gibt immer nur den Punkt, auf dem wir stehen.
Ich weiß nicht mehr, wozu ich diese Reise mache. Sie hat kein Ziel.
Sie hat ein Ziel, wenn du willst. Du kommst an, wenn du das Ziel erreicht hast.
Deine Rätselworte machen mich verrückt.
Ja.
Was heißt hier: ja? Was schaust du denn so? Ist da etwas? Sicher eine Luftspiegelung. Einer deiner faulen Tricks. Wenn wir angekommen sind, ist da was Peinliches oder gar nichts.
Es ist etwas: von weitem sieht es aus wie ein Soldatenfriedhof mit lauter gleichen Kreuzen. Schon wieder ein Friedhof, schon wieder Tote, schon wieder Gespenster.
Aber das sind keine Grabkreuze, das sind Baumstümpfe: Hier wurden Bäume, viele Bäume, abgeschnitten, alle in gleicher Höhe, Manneshöhe, und was als Querbalken erschien, das sind die stehengelassenen Äste, waagrecht ausgestreckt. Die Strünke sind verwittert und zu Stein verkrustet. Hier war einmal ein Wald. Die starken toten Wurzeln sind von Sandwehen überdeckt.
In einiger Entfernung ist etwas, das, wäre da wirklich

ein Friedhof, die Kapelle oder das Leichenhaus sein könnte. Es ist kein Gebäude, es ist ein Dickicht, eine Art Zelt, gebildet aus dürren Bäumen und Büschen, die ihre Wipfel zueinander neigen. Sie sind durch dornige Äste und vertrocknete Schlingpflanzen verflochten, entweder von Menschenhand oder aber von selbst so ineinander gewachsen im Laufe von Jahrhunderten. Über dem ganzen Gestrüpp liegen dichte Bärte von Moos und grauen Flechten.

Ein Dornröschenschloß. Was verbirgt es? Oder verbirgt es gar nichts und ist eben nur Gestrüpp?

Sieh nach, sagt Herma.

Leicht gesagt. Ich beginne, die äußeren Äste auseinanderzubiegen. Sie scheinen nachgiebig, erweisen sich aber als stark wie eine Mauer. Äste und Zweige schlagen mir ins Gesicht, Dornenranken zerkratzen mir Hände, Arme, Beine. Verdorrte Schlinggewächse sind Fallstrikke. Feindwelt.

Wer zwingt mich denn zu dieser Anstrengung? Ich mag nicht mehr.

Weiter! sagt Herma.

Das sagst du so. Hilf mir lieber.

Du kannst es selber.

Wie denn. Meine Hände bluten. In den Fingern stecken Dornen. Was suche ich denn überhaupt?

Aber ich gebe so leicht nicht auf. Nie. Nach und nach gelingt es mir, Schicht um Schicht des Dickichts zu durchdringen. Herma hält mir den Rückzug offen, das wenigstens ist eine Sicherheit bei diesem Abenteuer.

Denn was sonst als ein verrücktes Abenteuer ist das. Was soll ich denn finden? Ich weiß, ich werde etwas finden, aber was? Dieses Zelt aus Gestrüpp muß etwas verbergen, was mich angeht.
Es enthält einen runden Raum mit einer Gruppe von Figuren. Also doch eine Kapelle. Im Dämmerlicht sehe ich eine Skulptur, eine Pietà: eine sitzende Frau in majestätischer Haltung, eine finstere Madonna, über ihre Knie hängend ein männlicher Körper, hinter ihr ein andrer Mann, groß und alt. Alle drei tragen fürstliche Kleidung: Gewänder aus dem 16. Jahrhundert, so wie Holbein sie malte: Samt und Seide, pelzverbrämt. Das sind nicht holzgeschnitzte oder in Stein gehauene Kleider, und das sind überhaupt keine Holz- oder Steinfiguren. Alles, was so kunstvoll scheint, ist Natur. Aber sind das Mumien? Es könnten freilich auch Wachsfiguren sein. Unheimliche Figuren auf jeden Fall. Dieses regungslose Dasitzen. Diese finstere Monumentalität.
Meine Augen gewöhnen sich an das fahle Licht. Jetzt sehe ich, daß die Figuren sich nicht bewegen können: sie sind mit Ranken von Schlinggewächsen aneinandergefesselt, und sie sitzen auf einem hohen Scheiterhaufen. Die Scheite zeigen die Jahresringe: alte Bäume, gesunde, gleichmäßig und ungestört gewachsen.
Herma, was bedeutet das?
Sie legt den Finger auf den Mund und deutet mit dem Kopf auf die finstere Mutter, die ihre schweren gelben Augenlider öffnet, es kostet sie Mühe. Als sie mich sieht, werden ihre Augen weit, zweifellos vor Angst. Was

fürchtet sie von mir? Es macht mich verwirrt und verlegen, wenn jemand Angst vor mir hat. Obwohl ich noch nicht ganz sicher bin, daß sie lebt, spreche ich sie an, und lächerlicherweise mit »Sie«. Sie haben nichts zu fürchten von mir, ich gehe gleich wieder, aber vielleicht haben Sie eine Botschaft, die Sie mir mitgeben wollen.
Hört sie mich? Sie starrt mich weiter an. Versteht sie meine Sprache nicht? Jetzt bewegt sie ihre Lippen, sie will etwas sagen, auch der stehende alte Mann will reden, es hört sich an, als versuche man ein verrostetes Uhrwerk aufzuziehen. Schließlich gelingt es den beiden, Wörter zu formen, aber ich verstehe sie nicht, was für eine Sprache ist das, eine Art Mittelhochdeutsch, aber wohl ein Dialekt, aber auch wenn ich schließlich Wörter verstehe, bleiben sie mir ohne Zusammenhang und ergeben keinen Sinn. Sonderbare Wörter: Hülfgotts, Haspel, Gewinne, Dreikönig, Neugeschrei, verritzt, fündig, Sankt Oswald-Schacht, Neufund, Feuerung, Welle, Vater Abraham, Kuxen, Lachter, Flez, Schroffen, Teuffe, Reichsgeschwüb, Schwarzerz, Gewerken, Stollen. Lauter Wörter, die, das begreife ich nach und nach, ein einziges Gebiet betreffen: den Bergbau. Die beiden reden und reden, sie haben vielleicht Jahrhunderte nicht geredet, nun bricht das Aufgespeicherte wie eine Stein-Lawine aus ihnen, polternd, knarrend, keuchend, kratzend, eine rauhe wilde Sprache, unterbrochen von Aufschreien, ganz und gar nicht passend zu den fürstlichen Gewändern. Aber ich habe ja noch nie Mittelhochdeutsch sprechen hören, vielleicht hörte sich das so an. Was wollen

mir diese Leute denn sagen? Ich versuche, aus dem Hagel von Wörtern Brauchbares herauszusuchen und ein Mosaik zusammenzusetzen. Brauchbare Steine sind: Bauernland, fündige Grundstücke, Schwarzerz mit Silber, Landverkauf, hunderttausend Gulden, Kurfürst August, Preissteigerung, Adel, Gewerken von auswärts, Bergleute immer teurer, immer mehr Silber nötig, immer neue Zechen, immer tiefer, in den tiefen Stollen schweres Wasser, immer mehr Holz zum Abstützen und für die Schmelzöfen, dann die Einbrüche in der Tiefe, und der große Brand. Allmählich begreife ich: da ist die Rede von einem Gruben-Unglück, von dem ich schon weiß, aber da ist jetzt die Rede von den Ursachen, obgleich einiges verschwiegen wird: die Jahreszahlen, die Zahl der Toten, das Abholzen der Wälder, und vor allem ihre eigenen Namen und ihr Anteil an der großen Schuld, von der sie den über den Knien der Mutter Liegenden freisprechen wollen, ohne seine Schuld zu nennen.
Schließlich gelingt es mir, ihre Reden zu unterbrechen, indem ich auf diesen Liegenden deute: Und dieser Tote da?
Sie schreien auf: Er ist nicht tot!
Und wer ist er? Euer Sohn?
Sie schreien: Er ist nicht tot!
Also scheintot?
Er ist nicht tot!
Nun gut. Aber wer ist er eigentlich?
Die beiden schreien: Er ist unschuldig!
Ich habe ihn doch nicht beschuldigt.

Du bist gekommen, um ihn zu richten.
Ich denke nicht daran.
Er ist unschuldig. Er hat im Auftrag des Kurfürsten August gehandelt, er war ehrlich, er hat nicht in den eigenen Säckel gewirtschaftet, er hat nicht widerrechtlich geschürft, er hat Land aufgekauft, so daß alles Metall einzig dem Kurfürsten gehörte, er hat den Raubbau abgeschafft, er hat Ordnung gestiftet, und alles im Auftrag des Kurfürsten, und es hat sich gelohnt: immer mehr Neufund, immer mehr Silber, immer mehr Wohlstand.
Ja, schreie auch ich jetzt, sie unterbrechend, ja, Wohlstand für die Reichen und Armut für die Bauern. Was wurde dann aus ihnen, wenn sie landlos waren? Was wurde aus den Bergleuten, wenn sie sich krank gearbeitet hatten? Was wurde aus ihnen bei den vielen Gruben-Unglücken und bei den Bränden und nach der großen Katastrophe?
Die beiden starren mich an: Das weißt du?
Ja, schreie ich, Tausende sind umgekommen im Jahr 1580. Tausende! Und ihr lebt und seid reich geblieben, und der da, den ihr für unschuldig erklärt, er ist der Schuldige! Wäre er nicht der Schuldige, würdet ihr nicht so laut seine Unschuld beteuern! Warum liegt er auf diesem Scheiterhaufen? Warum: weil dies der Rest der Wälder ist, die auf seinen Befehl hin abgeholzt wurden.
Er ist unschuldig! Der Kurfürst . . .
Schweig jetzt!

Du bist also doch die Richterin. Wenn du es bist, wirst du jetzt das Urteil sprechen über uns, aber hab Erbarmen mit unserm Sohn.
Ich richte nicht. Aber warum soll ich Erbarmen haben mit diesem fürstentreuen Ausbeuter und Waldschänder und Massenmörder?
Weil er geglaubt hat, das Rechte zu tun.
Geglaubt, das Rechte zu tun, wenn er Wälder schlug, Bauern vertrieb, den Kurfürsten schlecht beriet?
Du kannst ihn erlösen.
Ich denke nicht dran. Mag er hier liegen und büßen, es ist seine Sache.
Aber er muß erlöst werden.
Wie denn?
Wenn er weint, ist er erlöst.
Scheintote weinen nicht.
Er ist nicht tot und nicht scheintot, er wartet. Bring ihn zum Weinen.
Aber er ist doch längst verholzt. Wie kann ein Verholzter weinen?
Er kann es, wenn du willst.
Also hört mal: es gibt Märchen, in denen ein König seine Tochter mitsamt dem Königreich dem verspricht, der die traurige Prinzessin zum Lachen bringt. Aber nie noch wurde von jemand gefordert, jemand zum Weinen zu bringen. Das geht leicht und von selbst, das hat dieser euer Sohn sicher recht wohl gekonnt. Hat aber er geweint über das Schicksal der Bergleute und Bauern? Habt ihr darüber geweint? Nun also. Jetzt ist es zu spät

für Tränen. Ich kann höchstens versuchen, ihm von den Leiden der Menschen zu erzählen, die seinetwegen geweint haben. Aber hat er damals nicht geweint, wird er auch jetzt nicht weinen.
Da sagt die Mutter mit überraschend sanfter Stimme: Schau ihn doch an! Er lebt!
Ich schaue ihn an. Hätte ichs doch nicht getan: er ist schön. Er hat ein edles Gesicht. Er könnte für Riemenschneiders Johannes Modell gestanden haben. Ist dies ein Schuldbeladener? Ist er nicht eher noch ein halbes Kind? Ist die Geschichte vielleicht ganz anders gelaufen: sind die Eltern die Schuldigen, und büßt ihr schuldloser Sohn mit ihnen? Haben sie ihn nicht an sich gefesselt, damit er mit ihnen büßen sollte?
Ich beuge mich über diesen Schönen, der nicht sterben durfte.
Zum Weinen kann ich ihn nicht bringen. Wie denn auch. Vielleicht, wenn ich selber weinen würde. Aber nein, das doch nicht. So tief lasse ich mich nicht ein in diese Familientragödie. Aber gibt es nicht eine Erlösung für diese ganze finstere Dreifaltigkeit?
Ich schaue Herma an. Sie weiß meine Gedanken. Sie nickt. Sie reicht mir einen scharfen Stein, mit dem ich die Ranken der Schlingpflanzen durchschneide. Ich will, daß diese Leute in Freiheit sterben. Aber sie nutzen die Freiheit nicht, sie haben verlernt, sich zu bewegen, sie bleiben sitzen.
Ich sage: Ihr wollt also jetzt den Tod?
Wir wollen ihn.

Und euer Sohn?
Er will ihn seit vierhundert Jahren.
Nun also: Sterbt in Frieden, wenn ihr könnt.
Herma hat zwei Steine gerieben und trockene Baumflechten entzündet. Sie reicht sie mir. Ich lege Feuer an den Scheiterhaufen. Das dürre Holz flammt auf. Die beiden Alten brennen als steile Flammen. Der Sohn bleibt noch eine Weile unversehrt.
Plötzlich sehe ich: er weint.
Oder jedenfalls: es scheint, als ob er weine. Ein paar Harzklümpchen, die auf seinem Gesicht lagen, sind in der Hitze geschmolzen und rinnen langsam über seine Wangen. Dann schlagen die Flammen auch über ihm zusammen. Die guten alten Hölzer geben einen süßen, harzigen Geruch.
Herma zieht mich aus dem Laubzelt, das nun lichterloh brennt. Das Feuer verrichtet seine Arbeit rasch und gründlich. Von all dem vielen dürren Gehölz bleibt ein wenig Asche.
In der Asche liegt eine alte Silbermünze.
Ich hebe sie auf. Sicher liegen noch mehr solche Münzen in der Asche. Ich kratze und wühle, und richtig: es sind zwölf Stück. Ich säubere sie und stecke sie ein.
Herma steht da und schaut mir zu.
Was ist denn? Paßt dir nicht, daß ich die Münzen nehme? Soll ich sie vielleicht liegenlassen? Und habe ich sie nicht redlich verdient? Habe ich mir nicht die Hände blutig geritzt, um zu dieser unheiligen Dreifaltigkeit durchzudringen und sie zu erlösen nach ihrem Wunsch und Wil-

len? Vermutlich haben diese Leute sie bereitgelegt für die Person, die sie erlöst. Also: ich sehe nicht ein, warum ich sie nicht nehmen sollte. So sag doch was! Schau mich nicht so an!

Du hast deinen Bruder erlöst gegen Bezahlung.

Meinen Bruder? Der junge Mann ist vierhundert Jahre alt, ungefähr. Und was heißt hier: gegen Bezahlung. Ich betrachte die Münzen als Zeichen des Danks, als Geschenk.

Wirf sie weg.

Nein. Das wäre unvernünftig, wirklich. Ich will sie ja auch nicht behalten. Ich will sie in die Oberstadt bringen.

Du wirst sie nicht bis dorthin bringen.

Warum denn nicht?

Sie gibt keine Antwort, sie geht einfach weiter. Das ärgert mich. Ich bin überhaupt gereizt. Was sich diese Herma erlaubt. Das ist schon Freiheitsberaubung. Ich habe das Gefühl, sie wird mir eine Lektion erteilen. Oder ich selber erfinde etwas, um mich zu bestrafen, ohne einzusehen wofür und warum. Selbstbestrafung, das gibt es. Zunächst ereignet sich nichts. Wir trotten eine Weile weiter, der Hund voran, der vor dem Laubzelt gewartet hatte. Plötzlich verbellt er etwas, ich sehe nicht, was er sieht, und was ich dann schließlich sehe, ist nicht aufregend: ein Tor, das mit einer Kette verschlossen ist, aber frei und absurd in der Landschaft steht, ohne eine Mauer. Man braucht das Tor nicht, man umgeht es. Man kommt in ein Gelände, das man einen Hof nennen wür-

de, hätte es eine Mauerbegrenzung. Es ist nach drei Seiten offen, und die vierte ist auch kein Haus, sondern eine Art riesiger Käfig, der aus unzählig vielen kleinen Käfigen besteht, die über- und ineinandergeschachtelt sind und durch schmale, im Wind schwankende Hängebrükken verbunden sind. Das Ganze ein zwar durchsichtiges, aber verwirrendes System von Gestängen, Gittern, Zahnrädern, Förderbändern, Hebeln, Rohren, Aufzügen, Eisentreppchen. Sonderbares Gebäude. Eine Fabrik ohne Arbeiter und ohne Bewegung.
Keine Fabrik, sagt Herma.
Sondern?
Ein Gefängnis.
Ohne Gefangene. Ich will da nicht eintreten. Wozu auch. Man sieht ja alles von außen.
Der Weg führt durch das Gebäude.
Unsinn. Man kann rechts und links daran vorbeigehen.
Dann verfehlt man den Weg und gerät in die Sümpfe.
Nun gut, wenns also sein muß.
Es gibt weder Pförtner noch Wärter noch Gefangene. Die Zellen sind Gitterkäfige wie für Zoo-Tiere. Aber Tiere gibt es hier nicht, nichts Lebendes gibt es hier, keine Fledermaus, keinen Spatzen, keine Fliege.
Die Gitterkäfige stehen alle offen. Ich betrete einen davon und fahre erschrocken zurück. Da ist doch jemand. Eine Gefangene. Sie starrt mich an, ich starre sie an. Aber das bin doch ich selbst. In der Zelle aufgehängt ist ein Stück Metall, in dem ich mich spiegle. Ich lache zor-

nig. So leicht lasse ich mich narren und erschrecken. Aber bin ich wirklich diese Person im Spiegel? Sehe ich so aus? So hundertjährig grau? So eingestaubt? Hat diese verfluchte Reise mich so verändert? Bin ich vielleicht schon Hunderte von Jahren unterwegs? Hat Herma von diesem jungen Mann auf dem Scheiterhaufen nicht gesagt, er sei mein Bruder? Er hat vor vierhundert Jahren gelebt. Ich schreie nach Herma, aber sie ist nicht mehr da, nicht sie, nicht der Hund. Ich bin ganz allein in diesem Gefängnis. Ich will umkehren, aber hinter mir ist die Käfigtür ins Schloß gefallen, sie läßt sich nicht öffnen. Ich sehe eine zweite Tür, aber sie führt nicht ins Freie, sondern in einen zweiten Käfig, und wieder mein metallenes Spiegelbild, und wieder die Gittertür, die hinter mir ins Schloß fällt, und weiter, und mein Spiegelbild wird immer älter und immer aggressiver, es springt mich an, es fletscht mir ein Wolfsgebiß entgegen, ich beginne zu laufen, geradeaus zuerst, dann über steile Eisentreppchen nach oben und wieder nach unten, ich weiß nicht, wie lange ich laufe, nimmt dieser Schrekkensgang kein Ende? Doch, er nimmt ein Ende, die letzte Gittertür fällt hinter mir ins Schloß, aber vor mir ist eine lange schmale Hängebrücke über einen breiten Graben mit schwarzem Wasser. Am andern Ufer steht Herma mit dem weißen Hund.

Die Brücke schwankt. Sie ist geländerlos, sie biegt sich nach unten, sie hängt tief über dem schwarzen Wasser, ich sehe mich darin spiegelverkehrt und wie eine Wasserleiche so grün, die Brücke berührt schon fast das Was-

ser, bin ich denn so schwer. Da kommt vom andern Ufer Hermas Ruf: Wirf die Münzen weg!
Ist es ihr Gewicht, das die Brücke hinunterdrückt? Die Münzen wegwerfen?
Ich rufe: Mein Schatten ist zu schwer.
Ihre Antwort: Das ist dasselbe. Wirf die Münzen weg!
Die Brücke berührt schon den Wasserspiegel. Vielleicht genügt es, wenn ich ein oder zwei Münzen ins Wasser werfe. Ich sehe ihnen nach, wie sie in der Schwärze versinken. Aber die Brücke ist immer noch zu schwer beladen. Noch eine Münze. Noch eine. Aber eine will ich behalten, eine nur, zur Erinnerung. Die schönen alten Münzen. Jetzt werden sie da unten liegen im Schlamm, für immer. Was für ein Verlust. Ich beuge mich über das Wasser, ich sehe die Münzen schimmern. Sollte ich ihnen nicht nachspringen? Ich bin eine gute Taucherin. Aber sind das meine Münzen, die da in der Tiefe glänzen? Es sind Fische. Sie schwimmen weg. Meine Münzen sind verschwunden. Dahin. Noch eine in meiner Tasche. Die werde ich retten, mag die Brücke sich biegen, wie sie will. Eine Münze wird sie doch tragen. Sie biegt sich nicht weiter, sie bleibt dicht über dem Wasserspiegel, das schlammige Wasser bespült meine Füße. Wie lang dauert dieser Weg. Herma streckt mir ihre Hand entgegen. Ein Sprung, und ich bin auf sicherem Boden. Herma verliert kein Wort, sie läßt meine Hand los.
Herma, schau mich an: bin ich eine Hundertjährige, habe ich Wolfszähne, was ist mit mir vorgegangen?
Ich habe dir gesagt: wirf die Münzen weg. Du hast es

nicht getan. Und die eine, die du vor mir versteckst, wirst du auch nicht behalten. Und jetzt komm.
Ja ja, ich komme. Was bleibt mir übrig, als zu kommen und dir zu folgen, weiß der Teufel wohin, ich weiß es nicht, ich hoffe, du wenigstens weißt es.
Die nächste Stadt ist nahe.
Ich sehe sie nicht.
Du hörst sie.
In der Tat: ich höre Großstadtlärm. Ist da ein Bahnhof? Da ist wirklich ein Bahnhof, aber ringsum keine Stadt. Ein Bahnhof ohne Stadt, und der Bahnhof nur die Hälfte eines Bahnhofs, kein Gebäude, nur die Ankunfts- und Abfahrtshalle, eine alte Eisenkonstruktion mit einem verrußten, vielfach gesprungenen Glasdach darüber, durch das ein trübes Licht sickert. Die Eisenbalken sind von Rost angefressen, die Geleise in den Boden eingesunken, die Schwellen verfault. Auf dem einzigen Bahnsteig, der in Betrieb scheint, sitzen auf Eisenbänken Reisende, viel Gepäck neben sich aufgetürmt, Gepäck wie es Gastarbeiter haben, die heimkehren: billige Koffer, mit Riemen und Stricken verschnürt, und volle unhandliche Säcke. Hunderte von Menschen, Berge von Gepäck. Die Leute sitzen geduldig da, sie scheinen zu schlafen.
Plötzlich das rollende und fauchende Geräusch eines einfahrenden Zuges, die Leute springen auf und schleppen ihr Gepäck an das Geleise. Schließlich kreischen Bremsen. Die Leute werfen sich die Säcke über die Schulter und ergreifen ihre Koffer. Aber wo ist der Zug? Da ist keiner. Der nicht vorhandene Zug fährt wieder ab. Die

Leute versuchen dem Geräusch nachzulaufen, aber ihr schweres Gepäck zwingt sie, zurückzubleiben. Sie kehren wieder auf ihre Plätze zurück. Kurze Zeit darauf wieder das fauchende Rollen eines Zuges, wieder der Griff nach dem Gepäck, das Kreischen der Bremsen. Kein Zug. Das Geräusch der Abfahrt, der Versuch der Leute, dem Geräusch nachzulaufen.

Wissen denn diese Leute nicht, daß kein Zug mehr kommt?

Sie glauben es nicht.

Aber wie lange warten sie schon, und wie lange werden sie noch warten? Einmal müssen sie die Vergeblichkeit dieser Hoffnung doch einsehen.

Sie hoffen weiter, aber zugleich wollen sie gar nicht wirklich abfahren.

Wie das?

Sie wissen nicht, wohin sie fahren könnten. Sie sind hier eines Tages angekommen und geblieben.

Was ist in ihrem Gepäck, das es so schwer macht?

Weißt du es nicht?

Wie soll ichs wissen. Sind es vielleicht Steine?

Ich sage das ironisch und mürrisch, aber Herma sagt: Es sind Steine.

Ich vermute, daß es keine gewöhnlichen Steine sind.

So ist es. Diese Steine enthalten Silber.

Diebsgut?

Wie mans nimmt.

Herma: Sind wir hier in der Nähe des Silberbergwerks?

Wir waren immer schon in seiner Nähe.
Werden wir es sehen?
Das hängt von dir ab.
Ich wünschte, ich hätte mich in der Oberstadt genau erkundigt.
Man hätte dir keine Auskunft gegeben.
Wenn ich wenigstens ein Buch hätte, in dem ich über das Bergwerk nachlesen könnte.
Es gibt in der Nähe eine Bibliothek.
Du machst dich lustig über mich. Hier gibts keine Stadt und keine Bibliothek. Hier gibts nur Sand und Stein.
Wenn du willst, gibt es hier eine Universität.
Ja ja, ich soll sie erfinden. Aber Erfundenes zählt nicht, ich will Wirklichkeit. Greifbare Dinge will ich.
Als gäbe es diese Wirklichkeit.
Du hast ja selbst gesagt, es gebe hier in der Nähe eine Bibliothek. Also gibt es sie bereits, ehe ich sie erfinde.
Alles ist immer schon da.
Wie bin ich deiner Rätselsprache überdrüssig.
Auch diese hast du erfunden.
Fehlt nur, daß du behauptest, ich habe mich selbst erfunden.
Herma lacht. Habe ich auch ihr Lachen erfunden? Zum Teufel mit dieser ganzen Geschichte. Wäre ich nur wieder daheim. Oder wenigstens in der Oberstadt.
Einen Augenblick später kommt das Kind wieder gelaufen oder vielmehr gehüpft. Es springt von einem Bein aufs andre, und bisweilen macht es einen weiten Satz, als überspringe es einen breiten Graben. Es schwenkt etwas

Weißes, eine Fahne, ein Taschentuch, ein Papier. Obwohl es schnell gelaufen und zudem gesprungen ist, kommt es keineswegs atemlos an, hüpft am Ort weiter, als könne es nicht aufhören, und übergibt mir das Papier. Aber es ist leer. Vielleicht eine Geheimschrift, nur lesbar unter bestimmter Bedingung?

Was sollst du mir denn sagen?

Es hüpft weiter.

Soll ich dir folgen?

Es nickt und beginnt voranzuspringen. Wir stehen bald vor einem Gebäude, das verlassen in der Landschaft steht.

Machst du dir nicht mal mehr die Mühe, eine Stadt zu erfinden? Genügt dir ein einziger Bau? Du gibst es immer billiger, wie?

Herma schweigt, und ich weiß ihre Antwort ohnehin.

Das Gebäude soll also die Bibliothek sein. Wir kommen in eine große Halle, die aufs Haar dem Innenhof der Münchner Universität gleicht. Ich brauche nichts dazu zu erfinden, ich kenne hier jede Treppenstufe und jede Inschrift und jede Tür zu den Hörsälen. Ich nehme den rechten Korridor, der am Audimax vorbei zu dem Hörsaal führt, in dem ich damals Psychologie hörte. Alles ist wie damals. Aber im Weitergehen wird mir dieser Korridor immer fremder, er verzweigt sich, die Korridore verwinkeln sich, sie werden enger und schäbiger, der Putz blättert von den Wänden, die Türen zu den Hörsälen stehen offen, Staub rieselt von der Decke. In den ersten Hörsälen sitzen einige Studenten, aber sie schlafen, den

Kopf aufs Pult gelegt. Vielleicht sind es Professoren, sie sind grauhaarig, aber vielleicht ist das Grau auf ihren Köpfen nur Staub. Dann kommen nur mehr leere Hörsäle, ohne Türen und ohne Pulte, der Boden ist bedeckt mit Fetzen von Plakaten, Papierschnitzeln, leeren Coca-Dosen, kaputten Bierflaschen und zerrissenen Büchern und Heften. So sah es in der Pariser Sorbonne und in Nanterre aus 1968 bei den Studentenrevolten. Genau so.
Am Ende eines langen Korridors hängt über der Treppe ein Transparent: Aufgang wegen Einsturzgefahr verboten.
Das hüpfende Kind aber beginnt die Treppe hinaufzusteigen, als flöge es: der Hund folgt ihm, auch Herma, so steigen wir denn alle hintereinander da hinauf. Die Treppe, wiewohl aus Marmor, beginnt zu schwanken. Je höher wir kommen, desto mehr gleicht sie einer Hängebrücke über einer Schlucht.
Nicht hinunterschauen, sagt Herma. So schaue ich stattdessen in die Höhe, aber das ist kaum minder schwindelerregend. Wie hoch hinauf steigen wir noch?
Endlich stehen wir vor einer Tür, über der steht: Bibliothek. Aber darunter ein Plakat: Geschlossen.
Jedoch das hüpfende Kind öffnet die Tür; es kümmert sich offenbar um keine Verbote und Warnungen. So treten wir also alle ein. Zunächst kommen wir in den Lesesaal, der aber eher ein halb verdunkelter Kinoraum ist: die Bänke sind amphitheatralisch angeordnet. Sie sind voll besetzt, Kopf an Kopf. Alle Studenten, falls es solche sind, haben vor sich einen Schreib- oder Zeichenblock.

Auf der Wand vor ihnen erscheint etwas: eine lange chemische Formel, die mir höchst kompliziert vorkommt. Alle greifen sofort zum Stift, offenbar, um sie abzuschreiben, aber ehe sie auch nur beginnen können zu notieren, ist die Schrift auf der Wand verschwunden, und statt dessen erscheinen Fragmente von Bildern, die so rasch wechseln, daß ich kaum etwas erkennen kann, geschweige denn einen klaren Zusammenhang mit der chemischen Formel, aber offenbar besteht dieser Zusammenhang, denn immer wieder erscheint eine Retorte oder ein anderes Zubehör zu einer Werkstatt, die vermutlich alchimistischen Zwecken dient. Schließlich verschwinden Formel und Bilder, die Wand schwärzt sich ein, es erscheint etwas, das ich schon gesehen habe: der Turm mit dem leeren Wasserbecken, in dem ein Krebs liegt. Der Krebs aber verwandelt sich in eine silberne Schlange, die sich hoch aufrichtet, dann aber in sich zusammenfällt und zu gewöhnlichem Staub wird. Dazu die Inschrift: »Falscher Weg, falsches Ziel. Was bleibt, ist Staub. Ihr seid genarrt.« Da springen die Studenten auf, zerbrechen ihre Stifte, zerreißen ihre Blätter und werfen die Fetzen in die Luft, wo sie sofort von einem Entlüfter angesaugt und durch einen Schacht davongewirbelt werden.

Ich erwarte, daß die Leute in ihrem Zorn den Raum verlassen, aber sie setzen sich wieder, legen einen neuen Block auf den Tisch und schauen in gieriger Erwartung auf die Wand, wo die nämlichen Formeln und Bilder erscheinen. Wieder wird fieberhaft zu notieren begonnen, aber keinem gelingt es, die lange komplizierte Formel einzufangen. Und wieder das Bild mit Krebs, Schlange und Staub, und die triste Inschrift. Und alles wiederholt sich.

Als ich die Szene dreimal mit angesehen habe, sage ich zu Herma: Warum nehmen diese Leute es denn nicht ernst, wenn ihnen so deutlich gesagt wird, daß sie Genarrte sind?

Sie glauben es nicht. Sie bringen jeden um, der sie aus ihrem Alptraum wecken will.

Was erhoffen sie sich denn?

Hast du nicht begriffen?

Nur halb: sie wollen alchimistisch etwas herstellen. Da die Schlange silbern ist, nehme ich an, sie wollen künstliches Silber herstellen, so wie die mittelalterlichen Alchimisten Gold herstellen wollten. Aber warum wollen sie Silber künstlich herstellen, da es doch natürliches Silber gibt in ihren Bergwerken?

Dort gibt es keines mehr seit jener Katastrophe.

Ist das sicher?

Es ist sicher.

Wird ihnen die alchimistische Herstellung von Silber je gelingen?

Sie suchen nach etwas anderem.

Wonach?

Nach dem Heimweg. Frag jetzt nicht weiter. Komm! Der Bibliotheksdirektor erwartet uns.

Das Kind hüpft schon fast bis zur Decke vor Ungeduld.

Der Bibliotheksraum ist riesig, viel größer als jeder, den

ich je gesehen habe. Er ist siebenstöckig, soweit ich sehe. Ob darüber, eingerückt, noch weitere Stockwerke sind, sehe ich nicht, die Kuppel der Halle entschwindet dem Blick. Die Regale stehen voller Bücher, natürlich. Ich vermute, daß sämtliche Bücher, die je geschrieben wurden, hier versammelt sind. Millionen, Milliarden.

Aus einer Seitentür tritt uns der Alte entgegen, der als der Direktor angekündigt ist. Aber er sieht eher aus wie ein Arbeiter, aber zugleich wie eine Art Priestermönch aus ältester Zeit. Ein ägyptischer Eremit vielleicht. Er gleicht aber auch dem Pförtner im Hotel und dem ältesten Ratsherrn. Er schaut mich streng an. Ich grüße ihn mit einer Verbeugung, aber dann weiß ich nicht, was ich sagen soll, und er hilft mir nicht. So sage ich denn, was das Natürlichste ist in dieser Situation: Darf ich Bücher ansehen? Er nickt. Ich ziehe das nächststehende Buch heraus. Aber kaum habe ich es berührt, zerfällt es zu Staub. Ich erschrecke und entschuldige mich. Er deutet auf das nächste Buch. Verstehe ich recht, so soll ich es aus dem Regal nehmen. Aber auch es zerfällt. Ich fühle mich schuldig, aber der Alte fordert mich stumm auf, weiterzumachen. Buch um Buch zerfällt mir unter den Händen, bis der Alte sagt: Was suchst du?

Nichts.

Warum bist du gekommen?

Ich weiß es nicht.

Was bringst du mir?

Nichts.

Mein Schatten, den ich völlig vergessen hatte, stößt mich hart in den Rücken, aber was will er? Ich wüßte nicht, was ich dem Alten hätte bringen sollen. So sage ich denn: Ich habe nichts gebracht, weil mir niemand befahl, etwas zu bringen, was sollte ich bringen?
Du bringst nichts, also wirst du nichts mitnehmen.
Ich habe auch nichts erwartet.
So bist du vergeblich gekommen.
Mag sein. Ich komme ja auch nicht freiwillig. Die da zwingt mich, ihr zu folgen. Wir sind jetzt schon viele Jahre unterwegs, und sie läßt mich nicht heimkehren, sie sagt, der Heimweg führe immer vorwärts. Ich will nichts anderes als in mein gewohntes Leben oben zurückkehren.
Oben? Was du redest, verstehe ich nicht. Wo ist oben? Wo bist du daheim? Wo ist dein gewohntes Leben?
Der Alte verwirrt mich. Ich weiß tatsächlich nicht mehr, was mein gewohntes Leben »oben« und »daheim« ist. Vergessen. Ausgelöscht das Gedächtnis. Ich habe das Gefühl, mich in einer großen Gefahr zu befinden. Ich will nicht vergessen. Ich will nicht oben und unten vermischen.
Der Alte, liest er meine Gedanken? Er sagt: Du bist doch längst jenseits der Grenze.
Das Wort erschreckt mich. Seine Bedeutung scheint mir plötzlich eindeutig.
So bin ich also tot?
Der Alte sagt: Was ist tot, was ist lebendig? Sieh dir das Buch an, das auf dem Stehpult liegt. Es ist die große

Welt-Enzyklopädie. Tausende von Gelehrten aus aller Welt haben Tausende von Jahren daran gearbeitet.
Das Buch ist sehr groß und schwer und mit einer silbernen Spange geschlossen. Ich öffne. Die Blätter sind leer.
Da steht doch nichts!
Nichts und Alles. Kennst du den Unterschied?
Ich meine doch, sage ich trotzig.
Du meinst. Ich sage dir: wer alles weiß, der weiß nichts, wer nichts weiß, der weiß alles, wer nichts schreibt, der sagt alles, wer blind ist, der sieht, wer stumm ist, der verkündet die große Weisheit.
Er klappt das Buch zu. Eine Staubwolke steigt auf und zieht wie Rauch zum Gewölbe hoch. Der Hund niest.
Als sich die Staubwolke verflüchtigt hat, sehe ich, daß auf dem Lesepult etwas liegenblieb: die Silberspange.
Was siehst du?
Nun, eine Spange aus oxydiertem Metall, das vielleicht Silber ist.
Welche Form hat sie?
Die der Ziffer acht.
Und wenn sie liegt?
In der Mathematik das Zeichen für unendlich.
Der Alte bricht sie ohne Anstrengung in zwei Teile. Und jetzt? fragt er.
Zwei Ringe.
Sags genauer!
Zwei geschlossene Kreise.
Genauer!

Zwei Nullen.
Was sonst?
Zwei Schlangen, deren jede sich in den Schwanz beißt.
Und jetzt?
Er fügt die Teile wieder zusammen. Wie er es macht, daß sie wieder halten, sehe ich nicht, aber ich sehe wieder das Zeichen für »unendlich«. Ein geschickter Zauberer.
Nimm das mit, sagt er, und zeig es meinem Vater.
Und wer ist er?
Du wirst ihn finden.
Wie heißt er?
Er hat keinen Namen. Er ist der Zeitwart. Bisweilen macht er auch den Wasserwart. Geh jetzt, ehe es zu spät ist!
Leicht gesagt. Wir müssen wieder die schwankende Hängebrücke benutzen, um ins Erdgeschoß hinunterzugelangen. Sobald wir einen Abschnitt der Treppe hinter uns haben, zerfällt er lautlos zu Staub. Wie wir wieder den Lesesaal durchqueren, ist niemand mehr da, und wie wir das Portal durchschritten haben, ist es nicht mehr vorhanden. Ich erwarte, daß auch die Silberspange zu Sand zerfallen sei, aber sie ist noch da und hat sogar ein ziemliches Gewicht, das durch nichts gerechtfertigt ist, weder durch Größe noch Schwere des Metalls.
Du hast Glück gehabt, sagt Herma.
Wieso?
Weil er dich nicht nach dem Silbertaler gefragt hat, den du in der Tasche hast.
Davon kann er doch nichts wissen.

Er weiß es.
Nun: und? Erstens, warum hat er nicht gefragt, zweitens, warum sollte er fragen, drittens, was geht ihn das an, du tust, als hätte ich den Taler gestohlen. Du gehst mir auf die Nerven. Und dazu noch dein Lächeln. Hätte ich mich nur nie mit dir eingelassen! Wäre ich nur nie in diese verfluchte Stadt gefahren. Ich bin überzeugt, du hast mich dorthin gelockt, du hast mir die Falle gestellt, warum, wozu. Das ist Freiheitsberaubung! Laß mich endlich frei!
Du bist frei.
Purer Hohn.
Wolltest du nicht den Wasserwart besuchen?
Ich? Auf deinen Befehl hin, ja. Auf den Befehl dieses Bibliotheksdirektors, ja. Freiwillig nein.
Während dieses Gesprächs, das von meiner Seite aus laut und zornig geführt ist, kommen wir in eine Landschaft, die keine Wüste mehr ist, sondern hügelig und eher lieblich, läge nicht ein fahles Licht darüber, das alle Farben tötet. Wir übersteigen einen Hügel. Vor uns liegt ein Turm, oder ein Kastell, das an die westfälischen Wasserschlösser erinnert, aber es liegt im Trockenen, der Graben ist ohne Wasser, auf seinem Grund wühlt im verbliebenen Schlamm ein großer Krebs. Unerfreuliches Bild.
Es gibt rings um dieses wasserlose Wasserschloß einen Park mit Brunnen, der an Tivoli erinnert, wenn es im Winterschlaf liegt.
Hier also wohnt der Wasserwart? Ein Wasserwart ohne

Wasser. Er wartet wohl auf Wasser. Oder was wartet er, wenn er kein Wasser zu warten hat?
Die Zeit, sagt Herma.
Warum läuft mir bei diesem Wort ein kalter Schauer über den Rücken? Ist es nicht überhaupt kalt geworden? Dieses Kastell, dieser Turm, dieser wasserlose Graben mit dem Krebs, das habe ich doch schon gesehen. Das ist die Tarot-Karte aus der Oberstadt, o ja, ich erinnere mich. Wo aber ist der Mann, der vom Turm gestürzt scheint oder aber einen übermütigen Handstand macht? Ist hier überhaupt jemand? Das Ganze sieht unheimlich verlassen aus, verödet, tot.
Hier lebt niemand, Herma.
Aber doch. Hier lebt der Herr des Wasserschlosses, welcher der Herr der Wasser ist.
In diesem Augenblick bellt unser Hund, er bellt in die Höhe, er verbellt etwas, das hoch oben ist, aber ich sehe niemand, doch offenbar ist da jemand, der uns sieht und auf dessen Befehl eine Zugbrücke herabgelassen wird, was offenbar eine Aufforderung zum Betreten von Brücke und Turm bedeutet, doch folge ich nur zögernd, wer weiß, was mir beim Überschreiten geschieht.
Nichts geschieht. Ich erreiche den Fuß des Turmes. Eine Pforte öffnet sich. Das Innere des Turmes ist nicht, wie nach dem Äußeren zu vermuten, viereckig, sondern rund, es gleicht dem Innern einer großen Muschel, eines Schneckenturms, dessen untere Windungen breit und bequem zu steigen sind, deren obere aber immer enger und steiler zu begehen werden. Kein Mensch zeigt sich.

Es ist sehr still. Absolut still. Unsere Schritte machen kein Geräusch. Wir steigen und steigen.
Offenbar sind wir schon in großer Höhe, denn in meinen Ohren beginnt das Blut zu singen wie beim Besteigen von Dreitausendern. Der Schneckenturm hat kein einziges Fenster, so kann ich die Höhe nicht durch den Vergleich mit der Ebene abschätzen. In die Tiefe des Turm-Innern zu schauen verbietet mir ein Schwindelanfall. Wir sind wohl schon viele Stunden unterwegs. Vielleicht tagelang. Vielleicht seit Jahren. Oder von jeher. Meine Gedanken verwirren sich. Ich weiß schon nicht mehr, wenn ich es je gewußt habe, warum wir hier heraufsteigen. Was suchen wir, wer erwartet uns?
Die Schneckentreppe endigt schließlich vor einer schmalen Tür, die ins Freie führt, wir stehen auf einem Balkon, der rund um eine gläserne Kuppel läuft. Die Kuppel läßt an eine Sternwarte denken. Sie besteht aus zwei Hälften, die sich verschieben, so daß sie bald sich schließen bald öffnen. Wenn sie sich öffnen, kann man in den Kuppelraum eintreten. Da der Hund ohne weiteres eintritt, tu ich es auch, Herma folgt, die Kuppel schließt sich.
Der Raum enthält keine optischen Instrumente, macht aber den Eindruck einer technischen Einrichtung. Ein großes liegendes hölzernes Rad dreht sich kaum merklich, ein ebenso großes, senkrecht darüber, greift mit großen Zähnen in das liegende ein, so daß beide sich bewegen, aber so unendlich langsam, daß man es kaum bemerkt. Die beiden Räder sind aus Holz und könnten aus einer alten Wassermühle stammen, wie denn überhaupt

die ganze Vorrichtung an eine Mühle denken läßt. Aber es gibt kein Mahlwerk und auch kein radtreibendes Wasser. Und doch hört man ein leise knirschendes Geräusch: irgend etwas wird hier gemahlen, aber was. Und wo ist der Müller? Soll hier nicht der Wasserwart hausen?

Herma deutet auf die Speichen des waagrechten Mühlrads. Dort liegt etwas, das ich für einen Sack aus Tierfellen halte. Es kann aber auch ein Lebewesen sein, ob Tier oder Mensch, ist nicht auszumachen, das Tierfell kann übergeworfen oder gewachsen sein, es gleicht aber auch einem Gewirr aus dürrem Moos und Baumflechten oder vertrockneten Algen.

Das soll der Wasserwart sein? Ist er tot?

Herma legt den Finger auf den Mund und flüstert: Nicht vorzeitig aufwecken!

Der Wasserwart schläft. Kein Wunder, daß das Land ringsum versteppt und Karst und Wüste wird. Man muß ihn aufwecken!

Ich sage das laut und aufsässig. Das Lebewesen auf dem Rad richtet sich auf. Ein uralter Mann. Er ist nackt unter einem Umhang aus vertrockneten Algen. Auch sein langes Haar und sein Bart sind Algen. Die dichten Augenbrauen sind eisgrau, und als er mich anschaut, wird mir kalt: das ist der Pförtner aus dem Hotel in der Oberstadt. Nein, er ist es nicht. Oder doch.

Was willst du hier? fragt er streng.

Ich bin nicht freiwillig hier. Die da hat mich hergeführt.

Ich sage das wie ein ertapptes Kind, das sich entschuldigt.

Was willst du?

Nichts. Frag doch sie!

Ich frage dich, antworte!

Ich muß mich erst erinnern.

Erinnere dich! Aber erinnere dich rasch!

Warum rasch? Wie kann ich im Nebel sehen? Der Wind verweht und verwischt mir die Bilder.

Er legt mir die Hand auf die Stirn. Die Berührung ist nicht unangenehm, die Hand ist fest und kühl. Jetzt bleiben die flüchtenden Bilder stehen, wenn auch immer nur für kurze Zeit und nicht in jener zeitlichen Ordnung, in der ich sie erlebt hatte, wie ich glaube.

Ich erinnere mich, ja, ich erinnere mich. Ich sehe tote Landschaften, Sandwüsten, abgeholzte Wälder, Leute, die Silberstücke schleifen und fluchen, ich sehe gefesselte Menschen, die eine Schuld abbüßen und verbrannt werden wollen, ich sehe Grabtafeln, die berichten, wie Reiche die armen Bauern unterdrucken, ich sehe Skelette ausgerotteter Tiere, blinde Grubenpferde, Leute, die im Dreck nach Geldstücken wühlen, ich sehe Leute mit Gepäck voller Steine auf einen Zug warten, der nie kommt, ich sehe große Friedhöfe, sehe die schöne schwarze Stadt, die im Sand versinkt und deren Schiffe tief im Sand stecken, oh, jetzt erinnere ich mich genau: ich habe über ihr Schicksal geweint, und ich habe beschlossen, dich, wenn ich dich je fände, zu bitten, der Stadt zu helfen.

Bestehst du darauf? Glaubst du, daß dieser Stadt geholfen werden kann? Hast du vergessen, daß sie dir deine Tränen abkaufen wollten?
In ihrer Not und Verzweiflung.
Sie sind Krämer und bleiben es. Schlimmer noch. Du wirst sehen.
Schon seit Beginn unsres Gesprächs hat sich die Szene belebt, ohne daß mir sofort klar geworden wäre, woher diese Belebung kam. Jetzt höre ich ein leises Tropfen, das zu einem Rieseln wird. Vom senkrecht stehenden Rad rinnt Wasser, ich weiß nicht, woher es kommt, das Wasser fällt auf das waagrecht liegende Rad, es beginnt sich rascher zu drehen, das Algengewand des Wasserwarts wird hellgrün, er ist kein uralter Mann mehr, sondern ein junger. Er streckt den Arm aus, und es beginnt zu regnen. Ein schöner kräftiger Regen. Die Brunnen im Garten füllen sich rasch, die Fontänen springen, die künstlichen Wasserfälle rauschen, aus den Mäulern der steinernen Delphine spritzen Wasserstrahlen, die Putten spucken und pinkeln in hohen Bogen in steinerne Schalen, und in dem großen viereckigen Becken am Fuß des Turmes bewegt der riesige Krebs seine Scheren.
Aber die Stadt im Sand! sage ich. Du vergißt die Stadt mit den Gondeln und den Lastkähnen.
Siehst du denn nicht, was dort geschieht?
Jetzt sehe ich: das Wasser füllt die Kanäle, der Wasserspiegel des Meeres steigt, wie schön ist das!
Und jetzt?
Die Bewohner der Stadt eilen zum Hafen. Sie sind ange-

führt von Männern, die der Kleidung nach Ratsherren sind. Jetzt stehen sie am Kai. Sie beraten. Sie scheinen uneins. Jetzt macht sich eine kleine Gruppe los. Sie eilt in die Stadt zurück. Die andern waten durchs langsam steigende Wasser und fangen an, auf die Lastkähne zu steigen. Jetzt kommen diejenigen zurück, die in die Stadt gingen. Sie bringen andre mit, aber das sind Sträflinge, sie sind gefesselt, die Hände auf dem Rücken. Man treibt sie mit Knüppeln vorwärts. Jetzt sind alle am Kai angelangt. Jetzt treibt man die Sträflinge ins Wasser, das rasch steigt. Die Sträflinge können nicht schwimmen, die Hände sind ihnen gebunden. Jetzt nähern sich Kähne, man wirft die Sträflinge darauf und bringt sie zu den Lastkähnen, man verlädt sie wie Vieh, jetzt verschwinden sie im Innern der Schiffe. Auf dem Deck steht ein großer Mann, die Kette des Bürgermeisters um den Hals, er gibt Befehle, offenbar befiehlt er, daß die Kähne in See stechen, die Ruder, von den Gefangenen bewegt, vermögen das Schiff nicht anzutreiben. Ich höre vielstimmige Schreie aus dem Innern der Schiffe. Jetzt werden Verwundete und Tote über Bord geworfen, Sträflinge und Ratsherren und Kaufleute. Es hat wohl eine wüste Meuterei gegeben. Nun ist es gespenstisch still. Mir scheint, jetzt ist kein Mensch mehr lebend auf den Schiffen außer dem Bürgermeister. Er zieht einen Dolch, er setzt ihn auf seine Brust, er will sich töten.
Der Wasserwart hat schweigend zugehört. Jetzt sagt er: Und du erkennst das Gesicht nicht? Du hast es oft gesehen auf deiner Reise. Du wirst es noch einmal sehen, ehe

du deine Reise beendet hast. Aber jetzt muß ich schlafen. Wenn ich wach bleibe, wird das Land überschwemmt, und niemand hat sich eine Arche gebaut, auch du nicht. Du hast versäumt, mir die Gabe zu überbringen.
Welche Gabe? Meinst du die Silberspange? Aber die soll ich dem Vater geben. Ich weiß nicht, wer dieser Vater ist.
Der Wasserwart hört mich nicht mehr. Er hat sich wieder auf das Rad gelegt, das sich nun sehr langsam bewegt. Das Tropfen, Rieseln, Plätschern und Rauschen hat aufgehört. Die Wasser schweigen. Die Landschaft ist mit dem Wasserwart in tiefen Schlaf gefallen. Auch ich bin schläfrig. Ich lege mich auf den Boden neben das Rad. Ich schlafe ein.
Ich wache davon auf, daß Wassertropfen auf mich fallen. Der Wasserwart ist wieder wach. Er steht auf und streckt seine Hand aus, und wieder beginnt es zu plätschern und zu rauschen.
Wie lang habe ich geschlafen?
Eine Trockenzeit lang.
Ja, aber wie viele Stunden oder Tage?
Mein Maß ist nicht das deine. Hältst du mein Maß nicht in deiner Hand?
Meinst du diese Silberspange? Aber die soll ich dem Vater übergeben.
Ich bin der Vater.
Bist du nicht der Wasserwart?
Kennst du die Bedeutung dieses Zeichens?
In der Mathematik ist es das Zeichen für »unendlich«.

Ich nenne es: die Wiederholung.
Du willst sagen: du bist die Ursache des Wechselspiels. Wenn du schläfst, schlafen alle Wasser. Wachst du auf, fließen sie. Und so immerfort. Einatmen, ausatmen. Bist du der Vater der Zeit?
Ich bin nur der Zeitwart. Ein Angestellter des Wasserwerks. Ich überwache das Steigen und Fallen der Wasser, an denen die Menschen die Zeit messen.
Du sagst, diese Spange sei das Zeichen für Wiederholung. Aber es ist das Zeichen für unendlich. Bist du der Vater der unendlichen Wiederholung? Bist du unsterblich?
Du sprichst Worte ohne Sinn. Was ist sterblich, was unsterblich, was endlich, was unendlich. Was ist, das ist Vergangenes und Künftiges, ist immer ein Jetzt. Du hast während deiner Reise zum Bergwerk Bilder gesehen und meinst, sie gehören einer vergangenen Zeit an. Sie sind jetzt, und sie sind nicht außen, sie sind in dir, und du bist sie. Alle Menschen, die dir begegnet sind, bist du.
Nein. Nein! Du lügst!
Was trägst du mit dir herum?
Ich? Was denn? Ah, du meinst diesen Schatten da? Jedermann hat einen Schatten. Wer keinen hat, ist ein Gespenst. Du kennst natürlich die Geschichte des Peter Schlemihl nicht, der keinen Schatten hatte. Es ist eine berühmte . . .
Wieviel du redest, um nichts zu sagen.
Trage ich vielleicht diesen Schatten da freiwillig mit mir herum? Irgendwer hat ihn mir aufgebürdet.

Nicht irgendwer. Du selbst hast es getan.
Ich? Diesen Schatten da? Er ist nicht der meine. Er ist viel zu groß, zu schwer, zu schwarz, um der meine sein zu können. Ein fremder Schatten.
Kein fremder. Du weißt es.
Zum Teufel, ja, ich weiß es. Mit dem Verstand weiß ich es. Aber was geht er mich an? Was geht mich meine ganze verdammte Sippschaft an? Was habe ich mit ihren Bosheiten zu tun und ihren Verbrechen?
Was trägst du in deiner Tasche? Was meinst du verstekken zu können vor mir und dir?
Das da? Das ist ein Andenken, das gehört mir, das ist ein Erbe, das gab mir einer meiner Ahnen zum Dank. Zwing mich nicht zu einer Rechtfertigung. Dräng mich nicht in die Rolle einer Angeklagten. Die Sache ist richtig.
Behalte, was du halten willst. Du wirst nicht halten können, was dir nicht gehört. Geh jetzt. Du hast einen weiten Weg vor dir.
Ich rufe: Hab doch Geduld mit mir!
Aber schon ist der Wasserwart, der Zeitwart, der seltsame Vater verschwunden, der Turm ist verschwunden, ich finde mich in einer öden Landschaft mit verdorrten Bäumen, das Flußbett ist leer, kein Brunnen rauscht, nur das Steinbecken blieb übrig, es ist wasserlos, auf dem Grund liegt der große Krebs und ist tot.
Herma, wo sind wir? Wo ist der Wasserwart? Und wo ist die Silberspange?
Statt ihrer antwortet eine fremde Stimme, hoch und

brüchig wie die eines halberwachsenen Knaben: Alles Schwindel! Der Alte hat sich aufgespielt, als sei er wer weiß was, und ist doch nur ein kleiner Angestellter im Zeitwasserwerk. Du hättest ihm die Spange nicht geben sollen, er hat sie dir abgeschwätzt, damit du den Weg zum Silberbergwerk nicht finden sollst.
Auf einem Steinblock hockt ein Wesen, das entweder ein bartloser Zwerg ist oder ein kränkliches verwachsenes Kind, gekleidet in ein graues Kapuzenmäntelchen. Es hockt da, die spitzen Knie bis unters Kinn hochgezogen, die Hände in den Ärmeln versteckt.
Wer bist denn du?
Nun eben: ich.
Hast du keinen Namen?
Namenlos. Zeitlos. Niemand.
Was willst du?
Dir die Wahrheit sagen.
Nämlich?
Du hast deine Reise vergeblich gemacht. Du hast verspielt. Das Spiel ist aus. Kehr um!
Herma sagt: Hör nicht auf ihn.
Der Zwerg sagt: Hör lieber auf mich als auf die da. Hat sie dich nicht in die abscheulichste Lage gebracht? Hat sie dich nicht kopfunter an den Galgen gehängt? Läßt sie dich da hängen zwischen oben und unten, ja oder nein? Hat sie dir nicht eine Mission aufgeschwätzt, die es gar nicht geben kann? Eine Närrin bist du.
Mag sein, sage ich. Du hast vom Bergwerk geredet. Du weißt also davon. Du weißt alles. Zeig mir den Weg!

Für die Silberspange hätte ich ihn dir gezeigt. Was gibst du mir statt ihrer?
Kleiner Krämer, sagt Herma und schlägt nach ihm. Er fällt lautlos um.
Hast du ihn umgebracht, Herma?
Diese Sorte ist nicht umzubringen. Er gehört zu den bösartigsten Wesen, die es gibt.
Schon hat sich der Kind-Zwerg wieder auf die Beine gestellt. Er lacht, er bellt wie eine Hyäne.
Siehst du, sagt er, daß ich unschlagbar und unsterblich bin? Hör auf mich. Ich bin der weise Erd-Alte, der Ur-Fuchs, der alles weiß.
Hör nicht auf ihn, sagt Herma.
Aber ich höre auf ihn, ich höre begierig auf das, was er sagt. Mir scheint Wahres daran zu sein.
Man hat dich, sagt er, in eine Mausefalle gelockt. Deine ehrenwerten Vorfahren haben lang auf dich gewartet, auf so eine einfache, leichtgläubige, törichte Person. Deine Ahnen waren alle viel zu schlau, um hereinzufallen auf die Familienlüge.
Und die wäre?
Daß die ganze böse Sippschaft, welche die Suppe auslöffelt, die sie sich eingebrockt hat mit ihren Sünden, mit andern Worten, daß sie ihre Strafe absitzt, die unbefristet ist, daß, sage ich, eine der Ihren so dumm ist, den Familienschatten auf sich zu nehmen und sie davon zu befreien. Lustig, was? Bis jetzt war keiner von euch so hirnvernagelt dumm, daß er diese Aufgabe auf sich genommen hätte. Die Deinen sind alle verdammt klug und

gerissen. Die haben auf eine Dumme wie dich gewartet. Begreifst du jetzt, du Lämmlein, du Sündenböcklein?!
Ja und nein. Aber worin besteht eigentlich meine Aufgabe?
Der Sache auf den Grund zu gehen. Wörtlich. Auf den Grund. Ganz hinunter, heißt das. Dorthin, wo es nicht tiefer hinuntergeht. Da liegts.
Was liegt dort?
Das, was du suchen sollst.
Ich weiß nicht, was ich suche. Ich habe es gewußt. Ich habe es vergessen. Sag du es mir!
So leicht solls dir gemacht werden? So meinst du? Geh nur weiter, geh! Vielleicht wird am Ende der Frosch ein Prinz. Vielleicht gibts eine Hochzeit. Vielleicht aber ein Begräbnis.
Er lacht wie ein ungezogenes bösartiges Kind. Im nächsten Augenblick ist er verschwunden.
Herma, was war das? Ich habe geträumt, nicht wahr? Ich habe einen häßlichen Traum getraumt.
Traum oder nicht: überflüssige Frage.
Ich möchte zurück, Herma. Laß mich umkehren.
Und der ganze Weg soll vergeblich sein? Komm! Die da oben und die da unten warten auf dich.
Ja ja, und ich, kopfunter, am Galgen. Zwischen beiden Ebenen. Lustige Situation. Ich danke. Mir reichts. Ich sage dir: ich will nicht mehr. Ich will wieder mit beiden Füßen auf der Erde stehen. Ich will keine Träume, sondern Wirklichkeiten. Ich will nicht die Familien-Dum-

me sein, nach welcher jeder streunende Hund schnappt. Und ich will auch nicht abgemäht werden wie ein Büschel Gras.
Willst du nicht überleben wie die Graswurzel, die von der Sense nicht erfaßt wird?
O doch. Aber nicht hier unten, sondern oben. Ich gehöre nicht in diese Unterwelt. Ich bin Bürgerin einer der Oberstädte.
Jeder Oberstadt entspricht eine Unterstadt, weißt du das nicht? Es gibt überall nur Zwillingsorte.
Ja ja.
Sag nicht ja ja, wenn du nein nein denkst.
Ich denke nicht nein und nicht ja. Ich habe dies alles ganz einfach satt. Bis hier oben. Wäre ich nur nie dem Telefonanruf gefolgt.
Du konntest nicht anders, aber du wolltest die Reise im Siegerwagen machen.
Kann sein.
Der Siegerwagen verliert ein Rad. Er zerbricht. Der Beutesack öffnet sich. Die Münzen rollen in den Staub. Der Wagenlenker wird sie nie wiederfinden. Er hat sich selbst verspielt.
Ist das eine Prophezeiung?
Es ist eine Warnung. Du willst zum Silberbergwerk. Also geh.
Weißt du den Weg?
Jeder Weg, den du gehst, führt dorthin.
Ja, alle Wege führen nach Rom. Nur braucht man dazu von vielen Orten aus Flugzeuge oder Schiffe. Deine

Weltkarte, Herma, scheint zweitausend Jahre alt. Wie lang eigentlich sind wir schon unterwegs?
Womit mißt du Zeit, wenn es keine Zeit gibt?
Wer sagt, daß es keine gibt? Aber wenn es keine Zeit gibt, dann gibt es auch keinen Raum, also kein Oben, kein Unten, kein Dazwischen. Wo aber sind wir dann?
Vergiß die Wörter wo und wann.
Herma, bleib einen Augenblick stehen. Sag mir die Wahrheit: ich bin gestorben und bin jetzt im Hades und verloren, und dazu verdammt, meine ebenfalls toten und ebenfalls verdammten Ahnen zu suchen, weil sie mich erwarten, und dies hier ist mein Höllenpfad. Mein Schatten, das ist der Teufel!
Was für Torheiten du sagst. Du bist nicht tot, du warst nie lebendiger als jetzt, dein Schatten ist nicht böse, er ist nur dunkel und schwer, und was du für deinen Höllenpfad hältst, ist der Weg ins Zentrum. Du wirst das noch verstehen.
Oder auch nicht. Im Augenblick verstehe ich gar nichts. Ich weiß nicht einmal, wer da mit mir redet. Halte ich Selbstgespräche? Träume ich? Habe ich dich erfunden oder du mich? Oder hat uns beide jemand erfunden? Oder träumt uns jemand?
Du gebrauchst Wörter aus einem sehr alten Wörterbuch.
Mag sein. Ich habe keine andern. Aber schau mal: was ist denn das? Panzer? Mitten in dieser Wüste? Nein, keine Panzer, sondern gepanzerte Lastwagen. Was transportieren die denn? Und schau doch: da kommen immer

mehr, und aus der Gegenrichtung kommen sie auch, woher, wohin? Aber schau doch: die einen fahren bis zu einem bestimmten Punkt, und dort kehren sie um. Was laden sie ab, was laden sie auf? Steine? Schwarze Felsbrocken? Geröll? Gehen wir doch näher. Sieh doch: was sie aufladen, ist das gleiche wie das Abgeladene. Sie schütten etwas aus, und der nächste nimmt es wieder auf. Was für eine absurde Arbeit. Aber da ist ja kein Mensch dabei! Die Fahrerkabinen sind leer. Geht das alles mit Fernsteuerung? Einer fährt genau in der Kettenspur des vorigen, und sie halten alle den gleichen Abstand. Und schau doch, wie schnell das Abladen und das Aufladen vor sich geht. Und ohne jeden Lärm. Gespensterhaft lautlos. Weißt du, was ich glaube: das ist eine Geheim-Aktion. Da wird etwas Gefährliches transportiert. Aber warum vor unsern Augen? War unsre Anwesenheit nicht vorgesehen? Oder war sie genau vorgesehen? Wollte man Zeugen? Komm, gehen wir näher zur Umkehrstelle.

Jetzt sehe ich, daß der Vorgang ganz so nicht ist, wie ichs vermutete: die Wagen laden tatsächlich schwarzes Gestein ab, aber es fällt in ein Loch, und gleichzeitig kommt aus einem Loch daneben schwarzes Gestein hoch, das automatisch aufgeladen wird. Ist das Aufgeladene dasselbe wie das Abgeladene?

Herma sagt: Ja, so ist es.

Aber dann ist das Ganze doch absurd.

Es ist absurd.

Aber was für Gestein ist das?

Schwarzerz aus dem Bergwerk.
Silberhaltig?
Nicht mehr. Totes Gestein.
Herma, wir sind also angekommen?
Wo meinst du angekommen zu sein?
Nun: beim Silberbergwerk, das wir seit hundert Jahren suchen. Was lächelst du?
Jetzt beginnt der eigentliche Weg: der Abstieg.
Wo ist denn unser Hund?
Den hast du vergessen. Was du vergißt, fällt aus der Wirklichkeit. Aber wir brauchen ihn hier nicht. Gib acht. Es geht steil hinunter.
Vor uns ist eine Öffnung, eher ein Schlupfloch.
Da hinunter, Herma?
Da hinunter.
Nein, auf keinen Fall.
Es gibt keinen andern Weg.
Dann bleibe ich eben hier.
Wie lang?
Aber es ist stockdunkel da unten.
Nimm die Grubenlampe da.
Aber da gehts ja ganz steil hinunter, und die Wände sind feucht. Ich werde ausgleiten. Du hast die Verantwortung, wenn ich da nicht lebend herauskomme.
Verantwortung vor wem?
Ah, so eine bist du! Führst mich ins Verderben und lehnst die Verantwortung ab.
Ich werde bei dir bleiben. Gehen wir.
Ich bin überzeugt, daß ich in kein Bergwerk einsteige,

sondern in mein Grab. Ich gebe mich verloren. Mir ist jetzt alles gleichgültig. Ich steige abwärts, steil und auf schlüpfrigen Stufen. Oder steige ich aufwärts? Sind das Schächte oder Stollen? Mir schwindelt. Die Grubenlampe gibt nur schwaches Licht. Der Schein tanzt über schwarzes Gestein, es glänzt feucht, es täuscht Silbersträhnen vor. Vielleicht ist es wirklich Silber. Bei einer Wendung des Pfades sehe ich Schatten, die sich bewegen. Tiere. Eine Schattenprozession von Tieren.

Die Grubenhunde! sagt Herma.

Aber, Herma: Grubenhunde sind keine Tiere. Es ist der Name für die Loren, die das Erz befördert haben. Und es heißt auch nicht Hunde, sondern Hunte.

Es sind Grubenhunde.

Grubenpferde vielleicht.

Grubenhunde. In den niederen Stollen konnte man keine Pferde benützen.

Also gut: Hunde. Aber sie befördern nichts mehr. Was tun sie denn noch hier unten?

Sie erinnern sich.

Woran?

An ihre schlimmen Jahre.

Aber so lange leben Hunde nicht.

Ihre Erinnerungen überleben.

Aber wieso kann ich sie so deutlich sehen, wenn sie nur ihre Erinnerungen sind? Ihre gebückten Nacken, ihr räudiges Fell, ihre mageren Flanken, ihre gebrochenen, schlecht verheilten Beine, und die Stellen, an denen die Haare abgeschabt sind bis auf die nackte Haut dort, wo die Lederriemen sie eingeschnitten haben. Sie gehen mit gesenkten Schnauzen, sie suchen etwas, sie suchen eine Spur. Spurenhunde. Spürhunde. Herma, sie suchen meine Spur! Jetzt haben sie sie aufgenommen, sie ändern ihre Richtung, sie kommen auf mich zu. Sie werden mich anfallen! Verscheuch sie doch! Was wollen sie von mir?

Ich drücke mich an die Stollenwand. Der Stollen ist so eng, daß mich die Hunde streifen mit ihren harten Rippen und spitzen Köpfen. Mir scheint, sie schnüffeln an mir, als trüge ich einen Knochen mit mir. Ja: sie schnüffeln wirklich, sie schnüffeln an meiner Tasche, gehen aber dann gleichgültig weiter. Ich sage: gleichgültig. Als könnte ich das wissen. Aber was haben sie gerochen? War der Geruch unsres weißen Hundes an mir haften geblieben? Aber warum nur an meiner Tasche? Der Silbertaler! Können Hunde Silber riechen? Grubenhunde, die ihr Leben in einem Silberbergwerk verbracht haben, kennen den Geruch. Aber er läßt sie gleichgültig. Oder doch nicht? Sie kommen wieder zurück, die ganze Prozession hat kehrtgemacht. Der erste schnüffelt wieder an mir, dann trottet er weiter. Wie viele gehen da an mir vorbei? Diese Schnüffelei ist grauenhaft. Ich schreie schließlich: Wollt ihr ihn haben, den Taler? Ja? Und was tut ihr dann damit? Vergraben wie einen Knochen? Was kann ich für die Verbrechen meiner Urahnen? Ich bin eine Spätgeborene, ich habe nichts zu schaffen mit der Vergangenheit. Was kann ich für euch tun?

Es ist verrückt, auf solche Weise mit Hunden zu reden und gar eine Antwort von ihnen zu erwarten.
Der, mit dem ich rede, hebt den Kopf und schaut mich an. Er ist blind. Einer nach dem andern schaut mich an. Sie sind alle blind. Oder nicht. Mein Grubenlicht füllt die leeren feuchten Augenhöhlen mit einem schimmernden Glanz und täuscht Augen vor. Das ist unerträglich. Ich beginne zu laufen, als könnte ich entlaufen. Aber die ganze Meute folgt mir. Ein Teil überholt mich. So bin ich eingekeilt. Es werden immer mehr Hunde. Sie tauchen aus Querstollen auf, sie steigen aus Schächten herauf und von oberen Stollen herunter, das unabsehbare Rudel drängt vorwärts wie ein grauschwarzer Fluß. Ich sehe Herma nicht mehr. Ich laufe und laufe. Allmählich bekomme ich das Gefühl, als liefen wir innerhalb des Berges im Kreis, aber so, daß die Kreise immer enger werden. Eine Spirale also. Verzweifelte Hoffnung: ein Kreis muß der letzte sein, er muß der Mittelpunkt sein, dort muß diese Gespensterprozession blinder Grubenhunde ankommen, dorthin strebt sie. Oder die Spirale wickelt sich dort wieder auf, und alles beginnt von neuem, wieder und wieder. Der Zeitwart: die unendliche Wiederholung. Mein Grubenlicht flackert. Wenn es erlischt, bin ich den Hunden und der Finsternis ausgeliefert. Vielleicht ist dies der Zweck dieser Reise: meine Auslieferung an die Hölle. »Der Sache auf den Grund gehen.« Zugrunde gehen. Das ists. Aber um mich zu töten, brauchte man mich nicht hier herumzujagen. Man konnte mich auf andre Weise umbringen. Aber wer

will meinen Tod? Diese Hunde? Wer sind sie? Oder Herma? Nein, sie doch nicht.
Das Licht erlischt. Jetzt also. Ein Rest meines Verstands ist wach. Er sagt: Auf den Grund gehen heißt, daß es einen Grund gibt. Aber eben dieser Rest von Verstand sagt: Ein Grund ist kein Ort. Es ist nichts als ein Wort aus einem Wörterbuch, das hier unten nicht gilt. Aber wenn ich sage »hier unten«, was sage ich da? Das Wort »unten« gibt es nicht mehr. Das Wort »oben« auch nicht. Und das Wort »dann« auch nicht. Was gilt noch. Das Wort »ich«? Nein, das schon gar nicht. Aber das Wort »nichts«? Wenn ich denke, im Nichts anzukommen, was ist das denn, wenn das Wort »nichts« nicht mehr gilt?
Ich schließe die Augen. Ich folge blind im Finstern den blinden Hunden. Ein Grubenhund unter Grubenhunden. Alle blind. Alle hinkend in schwarzer Finsternis ohne Anfang und Ende. Keine Zeit mehr. Bisweilen stoße ich mit dem Kopf an eine harte Stollenwand. Das ist offenbar Wirklichkeit. Aber was für eine Art von Wirklichkeit?
Nun wird es heller. Nicht hell, das nicht, aber die Finsternis nimmt rasch ab und wird zu einer trüben Dämmerung.
Ich stehe auf einem freien Platz, der in der Mitte einer Stadt liegt. Kein Hund mehr. Herma schon lange nicht mehr. Sie hat mich allein gelassen. Meinetwegen. Hauptsache, ich bin nicht mehr ein blinder Hund im schwarzen Bergwerk. Aber wo bin ich? Die Stadt gleicht

der Oberstadt. Ich sehe den Marktplatz mit dem Michaelsbrunnen. Ich sehe das Hotel, ich sehe die hohen spitzen Giebel. Aber beim längeren Hinschauen verlieren die Häuser ihre festen Umrisse. Sie sehen aus, als spiegelten sie sich im Wasser, doch umgekehrt, so, als sähe ich sie vom Grund eines Teiches aus. Aber der Eindruck dauert nicht. Die Stadt steht wieder richtig, doch ist sie offenbar aus einem andern Stoff gemacht als die wirkliche Oberstadt: wenn ich eine Wand anfasse, berühre ich nichts Bekanntes, nichts Festes, ich möchte sagen: nichts Wirkliches, aber es ist doch etwas Wirkliches, nur mit keinem andern Stoff vergleichbar. Mir scheint, die Oberstadt ist lautlos durch viele Erdschichten hier heruntergesunken und hat dabei auf jeder Ebene etwas von ihrer oberen Wirklichkeit verloren, bis sie nur noch die Formen bewahrt hat. Bin auch ich zu diesem fremden Stoff geworden auf meiner langen Wanderung? Ich weiß es nicht. Wenn alles aus diesem Gespensterstoff gemacht ist, werde ich wohl angepaßt worden sein, um im Gespensterland leben zu können.
Jetzt scheint mir, die Stadt verändere sich, nicht rasch, nicht sehr, nur so wie ein Gegenstand, der sich in bewegtem Wasser spiegelt. Sobald das Wasser ruht, ruht auch der Gegenstand. Ich bemerke erstaunt, es ist mein Atem, der diese Bewegung und Wandlung verursacht.
Einatmen, Ausatmen. Ich halte den Atem an: das Bild steht still. Ich gewöhne mich an diese rhythmische Unsicherheit. Sie erscheint mir sogar als beruhigende Sicherheit. Ich halte den Atem an: das Hotel Michaelshof

muß mir standhalten. Aber sobald ich wieder atme, schwankt das Haus, es rückt sogar aus dem Blickfeld. An seine Stelle schiebt sich ein Turm: der Nordwest-Turm der Stadtmauer. Er hat ein großes Tor, es steht weit offen. Ich überschreite die Schwelle, die von vielen Füßen in vielen Jahrhunderten ausgetreten ist. Hier beginnt eine Straße, die aber seit langem unbenützt ist; Gras wächst über zersprungenem Pflaster. Viele Steine fehlen. Wohin führt sie. Aus der Stadt hinaus. Rechts und links der Straße sind Steinfiguren aufgestellt, abwechselnd ein Tier und ein Mensch. Die Figuren sind sehr alt, sie sind verwittert. Die Straße führt weit hinaus ins freie Land. Lag denn die Oberstadt in einer so weiten Ebene? Diese Straße hier erinnert an die Gräberstraßen in Korea, an denen rechts und links die Wächter, Tiere und Menschen, den Weg zu einem runden Hügel bewachen, in dem ein König begraben ist. Ich sehe den Grabhügel in der Ferne, ich gehe auf ihn zu, aber er scheint immer gleich weit entfernt zu sein. Was für eine neue Tortur. Aber wer zwingt mich denn, dorthin zu gehen? Wer? Ich weiß es nicht. Ich gehe. Aus der bleichen Dämmerung, die hier wohl Tag ist, wird langsam eine graue Dunkelheit. Es wird Nacht. Weit und breit keine Unterkunft. Kein Mensch. Ich rufe nach Herma. Keine Antwort. Warum nicht umkehren? In der Stadt wird doch ein Mensch sein. Vielleicht wartet mein Zimmer im Michaelshof auf mich. Vielleicht liege ich sogar dort im Bett und träume. Ich hatte immer lebhafte lange Träume.

Nein, ein Traum ist das nicht, aber Umkehr ist doch wohl möglich und vernünftig.
Nein, sie ist nicht möglich: nach einigen Schritten treten mir die steinernen Wächter entgegen, kreuzen steinerne Waffen und versperren mir den Rückweg.
Nun gut, sage ich, dann führt mich wenigstens zu jenem Hügel, der immer weiter wegzurücken scheint, soviel ich noch sehen kann. Oder soll ich besser hier schlafen, von euch bewacht?
Sie sind stumm, aber ich verstehe: sie geben mir Order, weiterzugehen.
Ich gehe also. Ich gehe und gehe. Ich höre auf zu denken, wie weit entfernt ich bin von jenem Hügel. Ich gehe. Mein Gehen ist etwas von mir Unabhängiges geworden. Eine Weile später spüre ich, daß sich ein Wind erhoben hat. Rückenwind. Er treibt mich vorwärts, immer weiter, er saust mir kalt um die Ohren wie Fahrwind. Ich halte meinen Atem an: sofort legt sich der Wind, und ich kann stehenbleiben. Aber wie lang kann man den Atem anhalten? Beim ersten Atemzug liefere ich mich wieder dem Laufen aus. Es scheint Morgen zu werden; die Steinfiguren heben sich vom Dunkel ab. Aber es ist nicht Morgen, die blasse Helligkeit kommt von einem Gestirn, das die Form des Vollmonds hat, aber eher einer vom Rost zerfressenen Metallscheibe gleicht. Auch das ausgestrahlte Licht scheint oxydiert. Ein sozusagen Un-Licht ist das. In diesem Un-Licht oder Wider-Licht zeigt sich mir jetzt der runde Hügel, der an ein ostasiatisches Königsgrab erinnert.

Plötzlich schweigt der Wind. Ich stehe still. Ich bin angekommen, aber wo eigentlich? Königsgräber sind geschlossen. Seit Jahrhunderten verschlossen. Ich sehe keinen Eingang. Es ist kalt. Ich bin ganz allein. Von allen Schrecken, die ich auf der Reise erlebte, ist dies der schlimmste: ich bin allein vor einem verschlossenen Königsgrab und weiß nicht, was mir geschehen wird.

Irgendwann geschieht etwas: das Grab öffnet sich, und heraus kommt ein Gefährt, gezogen von einem Hund, einem Esel, einem Pferd. Die drei hintereinander gespannt. Das Gefährt, das keinen Lenker hat, macht eine Kehrtwendung und hält neben mir. Ein Schinderkarren. Auf solchen Karren wurden Tiere zum Schlachten oder Verbrecher zum Galgen gefahren.

Jetzt ist es also so weit.

Steig auf, sage ich zu mir selber. Ich höre meine Stimme, sie kommt von weither. Ich höre auch mein Gelächter von weit her: das ist der Siegerwagen, gleich wird ein Rad abfallen, gleich werde ich auf der Erde liegen und abgemäht werden, nun gut, so ist es eben, wer A sagt, der sagt auch schon B, da ist nichts mehr zu machen.

Ich steige auf. Das Gefährt holpert voran. Die Tiere bleiben oft stehen, um zu verschnaufen, wie es scheint, sie sind alt und gebrechlich. Ich sage: Laßt mich absteigen, dann habt ihrs leichter.

Aber sie ziehen schon wieder an, und ich falle jäh zurück auf die harten Bretter.

Es ist kalt, ich friere erbärmlich, aber auf meiner Stirn steht Schweiß. Angstschweiß. Ich weiß, ich werde zu meiner Hinrichtung gefahren. Ich weiß auch, wer mein Henker sein wird: mein Schatten.

Ich schließe die Augen. Mir ist jetzt alles gleichgültig. Die Angst verfliegt.

Das Gefährt bleibt mit einem Ruck stehen, so daß ich von den Brettern geschleudert werde. Ich erwarte, vor einem Galgen zu stehen. Aber muß man mich nicht zuerst vor Gericht stellen? Man kann mich doch nicht einfach verurteilen. Wofür denn. Wofür denn nur.

Ich habe nicht bemerkt, daß wir ins Innere des Grabhügels eingefahren sind. Das Gefährt hält. Ich stehe in einem Korridor, der mit Fresken bemalt ist, die phosphoreszieren, aber sich so rasch verändern, daß ich kaum erkennen kann, was sie darstellen. Es scheinen Tiere zu sein, geflügelte Drachen, Tiger im Sprung, große Vögel, Fabeltiere. Heilige Tiere, so fühle ich.

Nichts deutet auf eine Hinrichtung.

Plötzlich steht Herma neben mir.

Du! sage ich zornig, wo warst du! Warum hast du mich so lang allein gelassen? Du bist mir eine schöne Führerin, du. Und jetzt willst du meiner Hinrichtung beiwohnen. Danke, daß du mir wenigstens den Schinderkarren erlaubt hast.

Schinderkarren, sagst du. Es ist die Hochzeitskutsche.

Schöne Hochzeitskutsche. Sagte man nicht im Mittelalter, wenn einer gehenkt werden sollte: Er hält Hochzeit mit des Seilers Tochter? Also: wo ist mein Henker, wo ist der Galgen oder was sonst auf mich wartet? Hochzeitskutsche! Bis jetzt hatte ich immer noch einen Rest Verstand. Der soll mir nun auch noch abhanden gekommen sein? Henkerskarren, Schinderkarren, Hochzeitskutsche, Siegerwagen, was sonst noch? Na schön, wozu brauche ich jetzt noch Verstand. Los, gehen wir! Was sagst du? Ich höre dich nur schwach. Du redest von einer offenen Stadt? So: die Stadt ist offen, und der Grabhügel ist geschlossen, und ich bin eingeschlossen. Laß meine Hand los! Ich bin kein Kind, das man führen muß. Das Lamm, das als Sündenbock dienen muß, geht freiwillig zum Metzger. Loslassen, sage ich!

Während ich auf Herma einschimpfe, bin ich in dem phosphoreszierenden Gang vorwärts gekommen, und jetzt stehe ich vor einem Tor, das sehr alt ist. Dieses Tor kenne ich. Vor dem stand ich schon einmal. Aber damals und dort war es das Portal einer Kirche. Einer verfallenen Kirche oder Kapelle. Mit diesem wurmzerfressenen Portal verbindet mich etwas Unangenehmes. Die Erinnerung an eine nichtbestandene Prüfung. An eine Beschämung. Aber auch an das Gefühl, noch einmal davongekommen zu sein. Doch das Peinliche überwiegt. Was aber war es? Was taucht jetzt auf? Ein dunkles Kirchenschiff. Ein Mann in kultischer Gewandung, Priester oder Richter, ein Amtlicher, eine Autorität. Und Herma redete etwas von einem Ja, das ich sagen sollte. Ich hatte nein gesagt. Dreimal nein. Da schlug das Portal zu, und der Spuk war verschwunden.

Was sollte ich tun, wozu ja sagen? Mit meinem Nein hatte ich etwas verspielt.

Das Portal vor mir öffnet sich. Soll sich jene peinliche

unverständliche Szene wiederholen? Wird wieder dieser strenge Alte heraustreten? Es scheint nicht so. Niemand tritt heraus. Niemand fordert mich auf, einzutreten, niemand hindert mich, einzutreten. Einige steinerne Stufen führen ins Innere hinab. Ist das eine Kirche? Es könnte die Krypta eines romanischen Domes sein. Aber das, was ich für Säulen hielt, sind Stalaktiten. Von ihnen tropft Wasser herunter. Jeder Tropfen, der nicht am Stein hängen bleibt und herunterfällt, prallt auf etwas Metallisches, das einen Ton gibt, je nachdem hoch oder tief. Es ist ein willkürliches Getropfe, aber es scheint fast komponierte Musik zu sein. Es gibt auch rhythmische Veränderungen: rasche Folgen, eine lange Pause, langsame Folgen, Gleichzeitigkeiten bei verschiedener Tonhöhe, die eine Art Polyphonie erzeugen, wieder rasche Folgen, Synkopen, plötzliche Stille wie eine Generalpause, dann ein einzelner Tropfen, nach einer Pause eine rasche galoppierende Folge. Ich höre bezaubert zu. Über dem Hören vergesse ich meine Angst und auch das Schauen. Aber das plötzliche Flackern des Lichts aus einer unsichtbaren Lichtquelle zeigt mir, daß der Raum eine Höhle ist, die man zu einer Kultstätte gemacht hat. In dem unruhig flackernden Licht sehe ich, daß an den Felswänden unzählige Gegenstände hängen, wie in katholischen Wallfahrtskirchen: silberne Herzen, silberne Wickelkinder, silberne Phalli, silberne Hände. Alles Silber glänzt wie soeben sorgfältig gereinigt und poliert, während die Wände dahinter nackter rauher gewachsener Fels sind, vom nassen Moos bedeckt. Im Hintergrund der Höhle,

wie in der Apsis einer Kapelle, eine Figurengruppe: eine Sitzende und ein hinter ihr Stehender. Das flackernde Licht läßt ungewiß, ob diese Figuren leben oder aus Stein sind. Ich gehe zögernd näher.
Die sitzende Figur ist weiblich. Sie ist aus einem dunklen Steinblock gehauen, aus Basalt vielleicht, aber ihr Gesicht ist aus hellem Material, Elfenbein wohl. Aber dieses Gesicht ist nichts als ein hell schimmerndes glattes Oval. Keine Augen, keine Nase, kein Mund. Auch die Hände sind aus diesem hellen Material. Sie halten eine schwarze Halbkugel auf den Knien. Aber diese Halbkugel ist der hochgewölbte Bauch der Schwangeren. Bauch und Hände sind ganz glatt wie Kiesel, die jahrhundertelang in einem Bergbach gelegen haben und von den Wassern glattgeschliffen sind. Schließlich sehe ich, daß die ganze Figur solch glatte Stellen aufweist, die mich an den abgegriffenen Fuß des Heiligen Petrus in der Peterskirche zu Rom erinnern. Vermutlich ist diese Frau als Göttin verehrt worden, die zu berühren hilfreich war und Unheil abwendete. Ich bin versucht, sie auch zu berühren, aber wer ist sie für mich? Keine Madonna. Eine Erd-Göttin, Fruchtbarkeitsgöttin, Ur-Mutter. Die Höhle ist offenbar ein uralter Wallfahrtsort.
Die hinter der Ur-Mutter stehende Figur ist ein Mann. Er aber lebt. Er tritt an die Seite der weiblichen Figur. Er ist der strenge Alte aus jener Kirche, die sich nach meinem Dreimal-Nein in Nichts aufgelöst hat. Da ist er also wieder, aber dieses Mal trägt er eine Krone zum Ornat, das eine Richterrobe ist und auch ein Priestergewand.

Aber ist das nicht der Uralte aus dem Ratskeller der Oberstadt? Oder der Pförtner im Michaelshof?
Oder der Direktor der Bibliothek?
Oder der Wasser-Zeit-Wart?
Jetzt hat er ganz offenbar eine Amtshandlung vor. Er winkt mir näherzukommen und niederzuknien. Ich will nicht, er zwingt mich nicht, und doch gehorche ich. In diesem Augenblick treten aus Spalten in den Felsen andere Personen, die ich sofort erkenne: meine Eltern, Großeltern, Urgroßeltern und andre, von denen ich nur annehmen kann, wer sie sind.
Die ganze Höhle füllt sich mit Gestalten. Meine Urahnen. Sie schweigen und stehen reglos. Man hört nur mehr die wechselvolle Musik der Wassertropfen. Ich denke: Wo Musik ist, da ist Schutz für mich. Aus meiner Angst wird eine Art Ehrfurcht. Was immer hier geschehen wird, das gehorcht einem Gesetz.
Jetzt winkt der königliche Alte zwei Paaren, näherzutreten. Das eine Paar sind jene beiden, die ich auf dem Doppelportrait im Michaelshof gesehen hatte. Es sind meine Urgroßeltern. Das andre Paar ist das fürstlich gekleidete von jener Grabplatte in der verschwundenen Kirche. Wer wird hier verhört und verurteilt: sie oder ich? Wohl sie, denn sie sind, das sehe ich jetzt, an den Händen gefesselt. Als sie vortreten, merke ich an dem Nachrücken der übrigen, daß sie alle aneinandergefesselt sind. Jede Bewegung der ersten Paare setzt sich fort bis zum letzten Glied. Ich erwarte, daß man auch mich fesselt, aber das geschieht nicht. Es scheint fast, man

habe mich vergessen oder mich nur als Zuschauerin hierhergebracht.
Der königliche Alte wendet sich an die Gefesselten und hält eine Ansprache. Ich verstehe kein Wort. Spricht er Hebräisch? Oder ist das vielleicht Gälisch? Oder eine viel ältere Sprache? Oder eine, die im gegenwärtigen Augenblick entsteht? Oder eine Un-Sprache? Die Leute verstehen ihn offenbar. Sie hören mit gesenkten Köpfen zu. Nach einer Weile ändert sich die Art der Ansprache: der Alte stellt kurze Fragen, und die Angesprochenen antworten murmelnd im Chor. Eine sonderbare Litanei. Ist das ein Verhör oder ein rituelles Gebet? Wird die Ur-Mutter angerufen? Werden Sünden bekannt?
Dann treten alle ab und wenden sich mit den Gesichtern zu den Felswänden. Dort setzen sie ihr Murmeln fort, das rhythmisch anschwillt und wieder verebbt. Ein Klagegesang. Ich fühle plötzlich Mitleid mit diesen Leuten, die meine Vorfahren sind und vermutlich dieses mein Mitleid ganz und gar nicht verdienen.
Nun bin ich allein vor dem amtierenden Richterkönig. Ich spüre, wie meine Lage sich zuspitzt. Ich knie noch immer. Der Alte steht riesengroß vor mir. Er schaut mich an. Was wird von mir jetzt erwartet?
Nach einer Weile sagt der Alte: Der Geschworenen wird erlaubt, sich mit der Angeklagten unter vier Augen zu besprechen.
Die Angeklagte bin ich. Also doch. Und die Geschworene? Es ist Herma. Sie beugt sich zu mir und sagt: Wirst du dieses Mal wieder nein, dreimal nein sagen?

Aber wozu soll ich denn ja sagen?
Zu nuptiae cum adversario.
Was? Warum redest du Latein mit mir?
Weil die Zeremonie in Latein erfolgen wird.
Was für eine Zeremonie, um Himmels willen? Sag mir klipp und klar, was ich jetzt tun muß, um dieser Szene ein Ende zu machen. Sprich deutsch und einfach mit mir, Herma. Wer soll Hochzeit machen?
Du und der Adversarius.
Indem ich das Wort höre, weiß ich, was es bedeutet: der Gegner, der Widerpart, der Widersacher, der Teufel. Aber heißt nicht die Oberstadt Adversville? Die Stadt des Widersachers? Ich soll also Hochzeit feiern mit dem Feind? Der Widersacher, der Teufel: mein Schatten.
Wie kann ein Mensch seinen Schatten heiraten?
Indem er ja sagt zu nuptiae cum adversario.
Warum sprichst du immer Latein mit mir?
Solche Zeremonien erfolgen in Latein.
So. Nun gut. Meinetwegen in Latein, wenn die Sache nur rasch vor sich geht. Aber wissen möchte ich doch, was der Sinn dieser absurden Hochzeit ist. Was folgt danach und daraus?
Die conjunctio integer.
Wills hoffen. Aber wo ist denn mein Bräutigam? Er ist nicht mehr auf meinem Rücken!
Jetzt sehe ich ihn vor mir: er ist sehr groß, ein ungefüges Ding, bucklig, ein Schattenfelsblock, ungreifbar, aber wirklich.
Ein Riesenfrosch ist das. Herma, nein, den heirate ich

nicht, auch nicht im Traum. Das ist entsetzlich! Nein!

Halt! ruft Herma. Nicht nochmal ein Nein. Willst du das Spiel wieder verlieren? Willst du diese Reise vergeblich gemacht haben? Sag ja!

Herma, ich habe ja gesagt zu dieser Reise, auch wenn ich immer wieder nein zu sagen versuchte. Genügt das nicht? Kann mir denn diese letzte Probe nicht erspart bleiben? Und warum soll es gerade ich sein, die diesen da heiraten soll? Warum ich?

Weil du die Angerufene bist.

Aber dieser Schatten ist zu groß, um der meine sein zu können. Soll denn ausgerechnet ich gestraft werden anstatt meiner Ahnen? Ich, die Spätgeborene, die keine Schuld trägt für ...

Herma gibt mir einen Schlag auf den Mund und sagt streng: Keine Schuld? Wer bist du?

Ich bin ich!

Und du bist sie.

Nein!

Und du hast keinen Teil an ihren Verbrechen?

Nein!

Und was trägst du noch immer in deiner Tasche?

Ach, das da. Die kleine geschenkte, jawohl geschenkte oder besser wohlverdiente Münze. Deswegen brauchst du mich doch nicht zu verdammen.

Wer verdammt dich, wenn nicht du selbst es tust?

Ich denke nicht dran, es zu tun. So eine kleine Münze, rechtmäßig erworben, gegen das, was meine Vorfahren

taten, was für ein Mißverhältnis! Dieser Schatten da ist nicht der meine, er ist der meiner Sippe, ich weigere mich, ihn anzuerkennen.
Was ist klein, was ist groß. Was für den einen klein ist, gilt dem andern als groß. Wie schwer du lernst. Ich frage dich noch einmal: Wer bist du?
Das weißt du doch.
Antworte!
Ich bin ich. Das sagte ich schon, und das ist doch klar.
Du bist alle.
Nein!
Sie schlägt mich auf den Kopf. Mir schwindelt. Ich falle. Ich verliere das Bewußtsein.
Ich komme zu mir durch eine leichte Berührung: der Amtierende hat sich zu mir gebeugt, reicht mir seine Hand und zieht mich hoch. Ich weiß nicht, wie lange meine Bewußtlosigkeit gedauert und was sich inzwischen ereignet hat. Ich sehe, daß die Fesseln, durch die meine Vorfahren aneinandergebunden waren, gefallen sind. Der Amtierende ist jetzt ungeheuer groß, oder vielleicht bin ich so klein geworden, wer weiß.
Der Amtierende sagt: Richtet das Brautbad!
Ich wage einen schwachen Einspruch: Wieso Braut? Was für eine Art von Hochzeit kann das sein?
Die Kymische.
Wie bitte?
Du weißt es.
Aber ich habe doch mein Jawort nicht gegeben.
Verweigerst du es jetzt?

Kann ich es verweigern?
Du kannst es verweigern. Dann hast du das große Spiel verloren.
Als sei dies die Antwort, reiche ich ihm meinen Silbertaler. Ist das die erwartete Antwort?
Ich fühle eine große Erleichterung, zugleich aber plötzlich eine ungeheure Angst. Todesangst und Erleichterung in einem. Ich sage jetzt laut und ganz einfach: Ja. Ich weiß gar nicht mehr, wozu ich ja sage. Es ist ein Ja, das auf jede Frage paßt. Der Amtierende sagt feierlich etwas in Latein, von dem ich nur einige Worte verstehe, aber sie verwundern mich sehr.
Deus Israel conjugat vor... Wieso diese Anrufung der jüdischen Gottheit? Und dann: puella non habet maculam aut rugam... Und schließlich... conjunctio totalis.
Dann bringen einige Leute eine steinerne Wanne, die aber ein Sarkophag ist. Andere bringen einen Steinblock, der schwarz ist, aber mit Silberadern durchzogen. Sie legen ihn in den Sarkophag. Dann wirft der Amtierende meinen Silbertaler hinein, und sofort beginnt es im Sarkophag zu brodeln. Das Silber schmilzt, blaue Flammen schießen hoch. Ich beginne zu verstehen: der Sarkophag ist eine Retorte, und der Amtierende ist ein Alchimist.
Das Silbergebrodel sänftigt sich. Das Schwarzerz hat sich wohl auf den Boden der Wanne niedergeschlagen. Was bleibt, ist eine Flüssigkeit so klar wie das Wasser eines Bergbaches, in dem sich der Morgenhimmel spiegelt.

Ich weiß jetzt von selbst, was ich zu tun habe: mein Brautbad ist bereitet. Ehe ich ins Wasser steige, sehe ich, daß der Sarkophag eine Inschrift mit einer Jahreszahl trägt. Hic jacet puella. 1986.
Eine Grabinschrift. Also doch mein Tod.
Werde ich jetzt geopfert für die Sünden meiner Väter? Aber Wasser ist nicht das Element des Todes, sondern des Lebens. Was immer es ist: ich bin jetzt bereit. Die ewigkeitlange Wanderung durch die Unterstädte hat mich zubereitet wie einen widerspenstigen Stoff.
Ich steige in den Sarkophag.
Aber jetzt ereignet sich das erschreckend Unerwartete: von der andern Seite her springt der riesige Schatten in die steinerne Wanne. Das Wasser spritzt hoch auf und kommt als Silberwasser-Regen von der Decke herab. Überall schießen Fontänen aus dem Boden. Das Rauschen und Rieseln ist Musik. Der Wasserwart ist aufgewacht, denke ich, und ich denke: Jetzt füllen sich in der Sandstadt die Kanäle, jetzt können die Lastkähne schwimmen, jetzt springen in der Wüste alle Quellen. Jetzt kehrt das Leben zurück.
Ich bin sehr glücklich. Ich bin jetzt bereit, sogar meinen Schatten zu umarmen. Er ist nicht mehr da. Wo ist er? Conjunctio totalis. Ein unsichtbarer Chor singt diese Worte. Musik und Wasserrauschen mischen sich. Einen Augenblick lang denke ich: Das ist wieder eine meiner Erfindungen, die sich in Nebel und Nichts auflöst. Ich schaue vorsichtig um mich. Wo ist der Amtierende? Wo ist die Krypta? Wo der Sarkophag? Es ist heller Tag. Ich

stehe am Fuß eines Baumes, der so hoch ist, daß ich seinen Wipfel nicht sehen kann. Neben mir Herma. Sie also ist geblieben. Wenigstens sie. Ein Anhaltspunkt.
Herma, wo bin ich? Was ist denn geschehen?
Hörst du?
Was denn?
Aus großer Höhe kommt Musik. Eine heitere Musik. Eine Blaskapelle. Dorfmusikanten. Drehorgeln dazwischen.
Komm, sagt Herma, steigen wir hinauf. Dies ist der Maibaum, sie haben ihn gerade aufgerichtet.
Wer: sie?
Die Deinen. Die in der Oberstadt. Sie feiern ein Fest. Sie erwarten dich. Komm, es geht ganz leicht. Schau, die Äste bilden eine Leiter.
Wirklich: es geht mühelos. Ich steige von Sprosse zu Sprosse, ich bin ganz leicht, ich hüpfe wie ein Vogel von Ast zu Ast. Es ist wie ein Spiel. Ich überhole sogar Herma. Sie lacht. Nie vorher hat sie gelacht. Aber auch von oben kommt Lachen. Ich schaue hoch. Wir sind immer noch nicht an der Spitze des Maibaums angelangt, aber ich sehe bereits den Kranz und die festliche Fahne, die im Wind weht und fröhlich knattert. Jetzt sehe ich auch, daß da oben jemand sitzt und Mundharmonika spielt: Michael. Er winkt. Ich komme ihm näher und näher, und schließlich stehe ich auf der obersten Sprosse. Da kommt von unten her der festliche Tusch der Blaskapelle. Ich höre Beifallsrufe und Händeklatschen. Michael sagt: Schau hinunter!

Der Marktplatz der Oberstadt. Der Platz wimmelt von Menschen. Da ist offenbar ein Fest im Gange, ein Volksfest. Was rufen die Leute? Michael sagt: Du hast den Preis gewonnen!
Was für einen Preis?
Den Maipreis! Du hast es geschafft! Du bist bis zur Maibaumspitze geklettert! Du bekommst den Siegerkranz!
Siegerkranz? Nein, um Gottes willen. Keinen Siegerkranz. Ich komme nicht im Siegerwagen.
Er kümmert sich nicht um meinen Widerspruch. Er setzt mir einen Kranz aus Frühlingsblumen auf. Von unten her ein Beifallssturm. Ich denke: Endlich habe ich mir etwas Heiteres, Schönes erfunden. Gut so.
Aber ich bin nicht sicher, ob dies eine meiner Erfindungen ist. Was ich sehe von hier oben, scheint mir sonderbar wirklich zu sein. Ich bin es nicht mehr gewöhnt, Wirklichkeit und Erfindung zu unterscheiden.
Steig hinunter! sagt Michael. Sie warten mit dem Beginn des Festes auf dich.
Aber wieso denn. Ich begreife nichts. Wie kam ich denn hier herauf? Wo bin ich, wo war ich? Wieso stieg ich auf den Maibaum?
Was fragst du soviel? Komm, wir müssen hinunter. Ohne uns können sie das Fest nicht beginnen.,
Er beginnt hinunterzusteigen, vielmehr er hüpft von Ast zu Ast wie ein Eichhörnchen. Ab und zu hält er inne, um auf mich zu warten. Ich folge ihm, langsam und vorsichtig. So leicht der Aufstieg war, so schwierig ist der Abstieg. Und wie lang er dauert! So lang, daß die nackten

hölzernen Sprossen Zeit haben, sich zu belauben. Dieser Maibaum, er ist wirklich ein Baum. Eine Birke ist das. Nie sah ich eine so hohe Birke. Die Sprossen sind lebendige Äste. Der Geruch ist der Duft lebendiger junger Blätter. Wie lang habe ich nicht mehr den herben Duft des Lebens gerochen! Plötzlich sehe ich, daß die Äste zu Ende sind. Michael macht das nichts aus, er springt aufrecht auf die Erde. Das ist ein hoher Sprung. Den wage ich nicht. Unter mir ist noch ein Ast, ein einziger, aber hoch über dem Boden.
Spring! ruft Michael von unten.
Leicht gesagt. Ich bin nicht Michael. Wo ist Herma? Sie könnte mir helfen. Sie ist nicht mehr da.
Spring! ruft Michael noch einmal.
Ich hänge an meinem Ast, dem vorletzten, und versuche mit meinen Füßen den letzten zu erreichen. Aber es gelingt mir nicht, der Ast ist zu weit unten. So gehts nicht. Vielleicht gehts anders: wenn ich mich mit den Füßen am obern Ast festhalte und mit den Händen den untern Ast zu fassen bekomme. Ein Schwung, eine Drehung um mich selbst, und ich hänge kopfunter am obern Ast, aber der untere ist auch auf diese Weise nicht zu erreichen. So hänge ich also zwischen Himmel und Erde. Ich sehe den Marktplatz verkehrt herum. Ein lustiges Bild, ein Gewimmel von farbigen Punkten. Die Leute schauen zu mir herauf. Was ich da oben mache, scheint ihnen wohl ein Zirkus-Kunststück. Sie sehen nicht, wie peinlich mir diese Szene ist und wie ich mich fürchte, loszulassen. Ich finde mich in einer lächerlichen Situation: zuerst Sieger,

ganz oben, und jetzt kopfunter hängend wie eine Fledermaus. Lange halte ich das nicht aus, meine Füße verlieren Kraft. Aber wenn ich loslasse, stürze ich aufs Pflaster. Nun, meinetwegen. Nach allem, was ich erlebt habe, ist das nicht mehr von Belang. Irgendwer wird mich schon auffangen.

Ich lasse los. Ich falle, wie eine Katze, auf meine Füße. Die Blasmusik spielt einen Tusch, die Leute klatschen begeistert. Sie halten die Sache wohl für das Bravourstück einer Zirkusakrobatin. Wissen die denn, wer ich bin und woher ich komme?

Kaum stehe ich auf meinen Füßen, umringt mich ein Rudel grauer Hunde. An Unheil und Bedrohung gewöhnt, erwarte ich, daß sie, meinen Angstschweiß witternd, mich anfallen. Aber sie haben anderes im Sinn: sie drängen sich freundlich wedelnd an mich und bellen freudig. Die Grubenhunde. Wir erkennen uns wieder. Sie sind jetzt wohlgenährt. Ob sie blind sind, kann ich nicht feststellen, denn sie stehen nicht einen Augenblick still, sie umtanzen mich, springen hoch, balgen sich und versuchen mir das Gesicht zu lecken. Schließlich kommt ein großer weißer Hund, der sie zur Ordnung bringt. Unser weißer Hund. Er ist endlich wieder da. Er schnappt nach meinem Ärmel und zieht mich sanft zu einer Bretter-Tribüne, die auf dem Marktplatz aufgebaut ist. Dort erwartet mich ein alter Mann, der die Amtskette des Bürgermeisters trägt und mich mit einer feierlichen Rede begrüßt, die ich nicht verstehe, obwohl sie, das nehme ich wahr, in der Sprache meiner eigenen Zeit gehalten wird, die mir aber dennoch fremd klingt. War ich denn so lange auf Wanderung, daß ich meine eigene Zeit nicht mehr einholen kann? Oder ist es gar nicht meine Zeit, sondern bin ich ihr voraus, und die Sprache dieser Zeit klingt mir wie die einer vergangenen Epoche?

Michael macht den Dolmetscher. Er flüstert mir zu: Er dankt dir für das, was du getan hast für diese Stadt.

Ich flüstere zurück: Aber was habe ich denn getan?

Das wirst du noch sehen.

Der Bürgermeister hat seine Rede beendet. Offenbar erwartet er keine Antwort, er klatscht, das Volk klatscht, der Beifall gilt mir, das ist klar, ich nehme ihn hin, ohne ihn zu begreifen. Ich habe auch gar keine Zeit, nachzudenken, denn nun gibt eine Fanfare den Beginn des Festes an. Ich sitze neben dem Bürgermeister. Ein Ehrenplatz, das begreife ich, das muß ich ja wohl begreifen. Jetzt also beginnt das eigentliche Fest.

Die Leute bilden eine Gasse. Ein Herold tritt auf. Hinter ihm eine Prozession festlich Gekleideter, aber gekleidet in Kostüme vergangener Jahrhunderte. Ich vermute, ein historisches Stück werde aufgeführt auf der Bretterbühne, die neben dem Michaelsbrunnen aufgebaut ist.

Die Blaskapelle schweigt und auch die Fanfare. Es wird ganz still.

Die festlichen Paare ordnen sich im Kreis um den Brunnen. Manches dieser Gesichter erscheint mir bekannt, aber ich weiß nicht, woher. Ihre Augen, wie die aller übrigen Anwesenden, sind mit Inbrunst auf die Brunnensäule mit dem Drachentöter gerichtet. Man scheint hier den heiligen Michael sehr zu verehren. Aber was fällt dem Heiligen ein? Er springt trotz seiner erzenen Rüstung behend von seiner Säule, zieht die Lanze aus der Wunde des Drachens, schwingt sie, und es zeigt sich, daß sie eine um den Schaft gerollte Flagge ist, die er nun aufrollt. Die Farben: violett und silberweiß. Blitzartige Erinnerung: der Schlagbaum an der Grenze, die Grenzpfähle. Aber das Rad, das auf der nun voll und groß entfalteten Flagge sichtbar wird?

Zum Nachdenken ist keine Zeit: der Heilige, den seine Rüstung offenbar nicht im mindesten behindert, beginnt die Flagge zu schwingen. Es zeigt sich, daß er ein Meister ist. Er läßt die Flagge über seinem Kopf wirbeln, schlägt sie sich um die Schultern, schwingt Kreise und Achten in vielen Varianten, wirft sie in die Höhe, dreht sich um sich selbst und fängt sie wieder auf, und das Knattern klingt wie Peitschenhiebe.

Ich habe schon oft Fahnenschwingen gesehen und bewundert. Warum macht mir dieses hier Angst? Auch die anderen Zuschauer zucken unter diesen Peitschenhieben zusammen. Aber der Heilige schwingt die Flagge langsamer und immer langsamer, dann übergibt er sie einem Jungen, den er herbeiwinkt und der vor Freude springt: das hüpfende Kind, der Hotelboy, der Mundharmonikaspieler. Mit der Flagge in der Hand klettert er die Sprossen des Maibaums hinauf. Sein Klettern ist eher das Hüpfen eines Vogels oder eines Eichhörnchens. Alle Gesichter sind jetzt nach oben gerichtet. Der Junge befestigt die Flagge an der Spitze des Maibaums. Dort bläht sie sich wie ein Segel am Mast eines großen Schiffes, und ich würde mich nicht wundern, wenn wir alle davonsegeln würden. Einen Augenblick denke ich: Wenn ich das nun erfinden würde: eine ganze Stadt wird zum Schiff und segelt davon. Aber das geschieht nicht. Statt dessen löst sich das auf die Flagge gezeichnete Rad und rollt über den Himmel davon, einen Sprühregen von Silberfunken verstreuend: ein Feuerwerk. Die Leute rufen Ah! wie sie es überall tun.

Die Blaskapelle beginnt wieder zu spielen: einen lustigen Marsch, wobei die Bässe absichtlich falsche unanständige Töne dazwischenspielen, die alle Leute zum Lachen bringen.

Die dritte Nummer: ein lustiges Gefährt kommt näher, bunt bemalt, gezogen von einem weißen Pferd mit viel zu langen Ohren. Auf dem Pferd steht frei balancierend ein Junge in schwarzem Trikot, auf dem Kutschbock sitzt ein Mädchen im weißen Trikot.

Die Traumkinder! Sie sind es, ohne Zweifel. Sie springen ab und beginnen ein Trapez aufzubauen, auf ihre Art, auf ihre halsbrecherische Art. Der Junge klettert an der Regenröhre des Rathauses behende hoch und wirft von dort in großem Schwung ein Seil, das haargenau den Giebel des Michaelshofs erreicht und sich dort an einem Schornstein festhakt. Ich rufe: Aber das ist doch nicht gesichert! Spannt doch ein Netz aus!

Aber niemand hört auf mich.

Jetzt läuft der Junge bis zur Mitte des Seils und läßt von

dort ein zweites Seil herunter. Das Mädchen ergreift es und schwingt daran, immer höher und höher, über unsern Köpfen, bis es die Höhe des oberen Seils erreicht hat, und dort oben laufen und tanzen nun die beiden, als liefen und tanzten sie auf ebener Erde. Jetzt setzt sich der Junge aufs Seil und beginnt auf der Mundharmonika zu spielen. Die Blaskapelle bricht mitten im Takt ab, so daß man nur mehr das Spiel des Jungen hört. Was spielt er? Die ersten Takte vom Schlußchor aus Beethovens Neunter. Ich muß lachen: das ist nämlich sehr leicht, man braucht nur aus- und einzuatmen, die Klänge ergeben sich dann wie von selbst, das kann ich auch. Jetzt wirft er die Mundharmonika in die Luft, sie fliegt davon, aber im Fliegen klingt sie weiter, der Wind spielt sie, noch lange hört man die Klänge. Die Kinder haben sich am hängenden Seil heruntergelassen, schwingen sich auf ihren Wagen und rollen davon.

Die Blaskapelle fährt im Spiel fort, wo sie es unterbrochen hatte, und die Leute scheinen wie aus dem Schlaf aufzuwachen, auch der Brunnen rauscht jetzt wieder, auf dem der Drachentöter steht, wie er immer stand.

Eine Weile geschieht nichts. Dann bringen einige Burschen einen langen Balken und zwei Stützen und bauen etwas auf, das ich für eine Hürde halte, wie man sie bei Hindernisrennen für Pferde benützt. Der Balken: violett und gelb, spiralig bemalt. Jetzt tritt ein Herold auf, stößt in eine Fanfare und sagt dann: Die geehrten Zuschauer werden dringend gebeten, bei der folgenden Nummer nicht zu klatschen und sich jeden Zurufs zu enthalten, absolute Stille ist nötig, jeder Laut kann Ursache von Unfällen sein, denn die Pferde, die nun auftreten, sind blind und reagieren verwirrt auf ungewohnte Geräusche. Blinde Pferde. Wie können blinde Pferde über Hürden springen? Sie können es. Sie kommen angaloppiert, schön aufgeputzt mit Blumen in den geflochtenen Mähnen und Schweifen. Sie springen fehlerfrei und makellos sicher. Sie scheinen das Hindernis nicht zu bemerken. Sie fliegen. Es sind viele. Erst als das letzte Pferd den Platz verlassen hat, bricht Beifall aus, den ein sehr alter Mann entgegennimmt. Er ist offenbar derjenige, der die blinden Pferde dressiert hat.

Jetzt schnalzt er mit den Fingern, die Burschen räumen die Hürde weg, und die Pferde erscheinen wieder, paarweise jetzt, und beginnen offenbar eine Ehrenrunde zu laufen. Aber warum wirbeln sie jetzt soviel Staub auf? Das taten sie vorher nicht. Der Platz ist doch sauber gefegt. Oder ist das kein Staub? Ist es Nebel? Die Pferde erscheinen nur mehr als Schatten, man hört auch ihre Hufe nicht mehr klappern, und als der Staub oder Nebel sich verzogen hat, sind sie verschwunden und mit ihnen der alte Mann, der mir sehr bekannt schien.

Jetzt kündet der Herold die nächste Nummer an. Die Blaskapelle spielt einen Tusch, der Bühnenvorhang öffnet sich, auf den Brettern steht ein alter Mann, mit nichts bekleidet als mit einem Lendenschurz aus Algen und einem langen graugrünen Bart. Auf seiner Schulter hockt rechts und links ein kleiner Affe; der eine trägt einen leeren Sack, der andre eine kleine Trommel. Der

Halbnackte hält einen kurzen Eisenstab in Händen. Er winkt einige Zuschauer zu sich und fordert sie auf, den Stab zu biegen. Es sind starke Männer dabei, die es versuchen. Keinem gelingt es. Sie geben auf. Der Halbnackte tritt an die Rampe, helles Licht fällt auf seine Hände, sie biegen den Stab mühelos, zuerst in Hufeisenform, dann zum Kreis, zu einem Triangel und schließlich zu einer Acht. Er hebt sie hoch über seinen Kopf. Das Zeichen für unendlich. Die unendliche Wiederholung. Die Leute klatschen. Sie halten den Halbnackten für einen Zauberkünstler.

Jetzt springt er von der Bühne, und im Springen öffnet er die Acht und biegt sie wieder zum Stab. Ich sehe, daß er die beiden Enden des Stabs mit seinen Händen bedeckt. So geht er rund um den Platz. Die Blaskapelle spielt einen Marsch, doch die Musiker kommen immer wieder aus dem Takt, die Bässe spielen falsch und werden immer leiser, und die Streicher bringen nur mehr Flageolett-Töne zuwege. Mir gefällt diese Musik, sie erregt mich, sie kündet etwas an, aber was? Der Alte hat dreimal die Runde um den Platz gemacht. Plötzlich bleibt er stehen und streckt seinen Stab mit einem nun freien Ende gegen einen der fürstlich Gekleideten aus. Der kleine Affe trommelt, der Halbnackte streift etwas vom Stab und wirft es dem andern Affen zu, der es in seinen Sack steckt. Der mit dem Stab Berührte versucht etwas festzuhalten und stellt bestürzt fest, daß es verschwunden ist. Der Halbnackte läßt ihn stehen und geht zum Nächsten. Jetzt, näher bei mir, sehe ich, was da geschieht: der

Stab ist ein Magnet, er zieht Metall an, er zieht den Leuten etwas Metallisches aus den Taschen: Silbertaler. Aber Magnete ziehen doch nur Eisen an? Dieser Magnet ist der Stab eines Zauberers, ohne Zweifel. Allmählich begreifen die Leute, was da geschieht. Einige versuchen, ihre Taler rasch zu verstecken, in den Strümpfen, Schuhen, unter den Hüten, die Frauen am Busen, aber die Taler sind nicht zu halten, sie springen dem Zauberstab zu, von dem sie der Halbnackte lässig abstreift, um sie dem Äffchen zuzuwerfen, das sie geschickt auffängt und in den Sack legt. Andre versuchen sich vom Platz zu schleichen, aber sie stoßen bald an die Mauer ohne Tore. So schleichen sie wieder an ihre Plätze zurück und machen gute Miene zum Spiel. Der Halbnackte läßt keinen aus, die Silberstücke fliegen an den Magneten, und der Sack des kleinen Affen füllt sich.
Als letzter kommt der Bürgermeister dran. Der hat bereits seine Taler samt seiner Amtskette vor sich hingelegt, und als er sie am Magnetstab hängen sieht, lacht er.
Nun bin nur noch ich übrig. Ich habe keinen Silbertaler. Ich habe gar nichts mehr.
Der Halbnackte gibt dem kleinen Affen ein Zeichen. Der springt von seiner Schulter und legt den vollen Sack vor meine Füße.
Was soll denn ich damit?
Der kleine Affe mit der Trommel schlägt einen Wirbel. Der Halbnackte gibt mir ein Zeichen, ich soll den Sack öffnen. Ich tu es. Er ist leer. Der Alte hebt den leeren

Sack hoch, und es fliegen weiße Tauben heraus. Ein Zauberkunststück.
Ich sehe, daß die Leute überzeugt sind, ihre Taler wieder in ihren Taschen zu haben. Ich sehe sie suchen, greifen, wühlen. Aber da ist kein Taler mehr. Die Tauben fliegen hoch über der Stadt und verlieren sich in der Ferne.
Der Bürgermeister lacht Tränen, er klatscht sich vor Vergnügen auf die Schenkel, er schüttelt mir die Hände, ich begreife nicht, warum. Aber die Nummer ist noch nicht zu Ende: aus allen Häusern kommen jetzt Affen, von denen jeder einen schweren Sack schleppt. Als alle am Michaelsbrunnen angekommen sind, bläst die Kapelle einen Tusch, und die Affen leeren die Säcke in den Brunnen. Berge von Silbertalern häufen sich, das Becken ist randvoll. Da ergreift der heilige Michael die Lanze und stößt sie mitten in den Silberberg. Im nächsten Augenblick hat sich das Silber aufgelöst, eine hohe Fontäne springt auf und verliert sich hoch über der Stadt. Das Becken füllt sich wieder mit Wasser.
Da der Bürgermeister noch immer lacht, lachen schließlich alle Leute mit.
Dann steigt der Bürgermeister vom Podest, ergreift meine Hand, und wir beginnen zu tanzen. Bald tanzen alle, die fürstlichen Paare, die Bürger und die Affen, jedes Paar auf seine Weise.
Damit, so denke ich, endet das Fest. Aber ich spüre, daß noch etwas kommt. Die Musik kommt wieder einmal aus dem Takt, es ist nicht mehr nur eine Kapelle, es sind mehrere, sie spielen an verschiedenen Plätzen der Stadt,

und sie spielen verschiedene Stücke, und aus einer unsichtbaren Kirche kommen Orgelklänge. Die Tanzenden halten schließlich inne, denn wer kann in dieser Musikverwirrung tanzen? Es wird merkwürdig still, bis endlich jemand eine Mundharmonika zu spielen beginnt. Aus ein aus ein, aber zauberisch variiert. Michael Orpheus. Wo ist er?

Jetzt stürmt eine Schar von Kindern auf den Platz. Voran das große Mädchen aus der Kinderstadt. Die Kinder tragen etwas herbei, große Pappkartons, bunt bemalt, Hauswände, ziegelrot und grau. Mitten auf dem Platz, zwischen Brunnen und Maibaum, beginnen sie ihre Pappkartonstadt aufzubauen. Die Pappstadt gleicht der Oberstadt, in der wir uns befinden, aber sie gleicht ihr nur ungefähr, viel Geduld haben die Kinder nicht, ihnen genügt die ungefähre Ähnlichkeit. Jetzt umgeben sie ihre kleine Stadt mit einer grauen Mauer ohne Tore. Zuletzt holen sie aus den echten Häusern noch allerlei Gerät. Silbergerät. Einige haben auch noch verschlossene eiserne Schatullen gefunden: Geldkassetten, Schmuckkästchen. Die Kinder schleppen. Einige Erwachsene beginnen den Kindern zu helfen. Schließlich helfen alle mit. Sie holen selbst aus den Häusern noch verbliebene Schätze. Alles wird in der Mitte der Pappkartonstadt aufgehäuft. Die Erwachsenen haben offenbar großen Spaß. Sie halten es für ein Spiel. Ich spüre, daß das Fest vor seinem Höhepunkt steht. Während ein Junge einen großen Karton hochhält, auf dem steht »Villa Adversus«, tritt das große Mädchen auf und sagt: Die verehrten Zu-

schauer werden gebeten, sich zurückzuziehen und nicht zu erschrecken, vielmehr sich zu freuen. Dann gibt es der nächstsitzenden Kapelle ein Zeichen, sie beginnt einen Tusch zu spielen, die andern, nun wieder einig, fallen ein. Das Mädchen reibt seine Hände, es erzeugt Funken, sie fallen in die Pappkartonstadt, die sofort Feuer fängt, es erfolgen mehrere Explosionen, dann fliegt die ganze Stadt in die Luft. Silberne Garben schießen hoch und fallen als silberner Regen irgendwo weit außerhalb der Stadt nieder. Plötzlich erlischt das Feuer. Eine einzige helle runde Scheibe über uns: Der Mond. Vollmond. Ich bin überaus verwirrt. Neben mir steht Herma.
Komm, sagt sie.
Sie ergreift meine Hand, und, wie damals, als sie mich durch die Stadt führte, scheint mir, daß wir fliegen. Schon liegt der Marktplatz weit hinter uns. Wir müssen längst die Mauer erreicht haben. Wo ist sie? Herma läßt meine Hand los.
Keine Mauer mehr. Wir sind auf freiem Feld. Hoch oben liegt die Stadt, mauerlos, festlich erleuchtet.
Vor mir steht mein kleiner blauer Wagen, unbeschädigt. Jemand hat ihn gewaschen und poliert und den Tank aufgefüllt.
Herma, sage ich und will sie bitten, mitzufahren. Aber ich stehe allein auf der mondbeschienenen Straße. Niemand hindert mich wegzufahren.
Im Morgengrauen passiere ich die offene Grenze.

Collection S. Fischer

Dieter Kühn
Der wilde Gesang der Kaiserin Elisabeth
Band 2325

Ulrike Längle
Am Marterpfahl der Irokesen
Liebesgeschichten
Band 2374

Katja Lange-Müller
Wehleid – wie im Leben
Erzählungen
Band 2347

Dagmar Leupold
Edmond: Geschichte einer Sehnsucht
Roman
Band 2373

Monika Maron
Flugasche
Roman
Band 2317

Johann Peter
Landsonntag, englisch
Geschichten
Band 2365

Dirk von Petersdorff
Wie es weitergeht
Gedichte. Band 2371

Elisabeth Reichart
Komm über den See
Erzählungen. Band 2357

Gerhard Roth
Circus Saluti
Band 2321
Dorfchronik zum 'Landläufigen Tod'
Band 2340

Evelyn Schlag
Beim Hüter des Schattens
Erzählungen
Band 2335
Brandstetters Reise
Erzählungen. Band 2345
Die Kränkung
Erzählung. Band 2352

Klaus Schlesinger
Matulla und Busch
Band 2337

Natascha Selinger
Schaukel. Ach Sommer
Erzählung. Band 2360

Johanna Walser
Die Unterwerfung
Erzählung. Band 2349
Vor dem Leben stehend
Band 2326
Wetterleuchten
Erzählungen
Band 2370

Ulrich Woelk
Freigang
Roman. Band 2366
Tod Liebe Verklärung
Stück. Band 2372

Fischer Taschenbuch Verlag

fi 176/19b

Monika Maron
Stille Zeile Sechs

Roman. 219 Seiten. Leinen

Die DDR Mitte der achtziger Jahre: Rosalind Polkowski, zweiundvierzigjährige Historikerin, beschließt, ihren Kopf von der Erwerbstätigkeit zu befreien und ihre intellektuellen Fähigkeiten nur noch für die eigenen Interessen zu nutzen. Herbert Beerenbaum, ein ehemals mächtiger Funktionär, bietet ihr eine Gelegenheitsarbeit: Rosalind soll ihm die gelähmte rechte Hand ersetzen und seine Memoiren aufschreiben. Trotz Rosalinds Vorsatz, nur ihre Hand, nicht aber ihren Kopf in den Dienst dieses Mannes zu stellen, kommt es zu einem Kampf um das Stück Geschichte, das beider Leben ausmachte, in dem der eine erst Opfer dann Täter war, und als dessen Opfer sich Rosalind fühlt. Die Auseinandersetzung mit Beerenbaum läßt sie etwas ahnen von den eigenen Abgründen und den eigenen Fähigkeiten zur Täterschaft.

Stille Zeile Sechs ist die Adresse Beerenbaums, eine ruhige gepflegte Gegend für Priviligierte, weit entfernt von dem, was in den Straßen der DDR vor sich geht.

Das Leben ist herzzerreißend

Vierunddreißig Erzählungen

Herausgegeben von Ursula Köhler
Band 10825

»Das Leben ist herzzerreißend« – dieser Satz könnte, so oder ähnlich formuliert, in beinahe jeder der hier versammelten Erzählungen stehen. In seiner starken Gefühlsbetontheit ist es ein zutiefst weiblicher Satz. Mehr als dreißig Texte von Autorinnen aus den verschiedensten Ländern beschreiben Frauenleben und spezifisch weibliche Erfahrungen, zeigen den weiblichen Blick auf das eigene Ich und die Welt: sie stehen für rund ein Jahrhundert weiblicher Erzähltradition.

Kate Chopin · Virginia Woolf · Katherine Mansfield
Djuna Barnes · Jean Rhys · Elizabeth Bowen · Marie
Luise Kaschnitz · Marguerite Yourcenar · Luise Rinser
Marguerite Duras · Elsa Morante · Doris Lessing
Ilse Aichinger · Grace Paley · Nadine Gordimer
Clarice Lispector · Ingeborg Bachmann · Alice Munro
Sylvia Plath · Susan Sontag · Dacia Maraini
Margaret Atwood · Danièle Sallenave · Brigitte Kronauer
Monika Maron · Bobbie Ann Mason · Cristina Peri Rossi
Pierrette Fleutiaux · Helen Garner · Mary Flanagan
Keri Hulme · Katja Lange-Müller · Jayne Anne Phillips
Jamaica Kincaid

Fischer Taschenbuch Verlag

fi 1590 / 1